THE QUEEN OF CRIME
繁體中文版
20週年
紀念珍藏

一，二，縫好鞋釦

阿嘉莎·克莉絲蒂——著

章祖德、古緒滿——譯

One, Two, Buckle My Shoe

Agatha Christie®

通俗是一種功力

吳念真（導演、作家）

通俗是一種功力。絕對自覺的通俗更是一種絕對的功力。

這樣的話從我這種俗氣的人的嘴巴說出來，大概很多人要笑破褲底了。不過，笑完之後請容我稍稍申訴。這申訴說得或許會比較長一點，以及，通俗一點。

小時候身材很爛，各種遊戲競爭完全任人宰割，唯一隱遁逃避的方法是躲起來看書或聽大人瞎掰。那年頭窮鄉僻壤的小孩能看的書不多，小學二年級時最喜歡的是超大本的《文壇》，老師借的。看著看著，某天老師發現我的造句竟出現：「捧著：朝陽捧著一臉笑顏為群山剪綵」這樣亂七八糟的文字，就拒絕再讓我看那些超齡的東西了。

老師的書不給看，我開始抓大人的書看。一種是厚得跟磚塊一樣的日文書，對我來說那完全是天書，但插圖好看，經常有限制級的素描。另一種書是比較薄的，通常藏得很嚴密，只是裡面有太多專有名詞、重複的單字和毫無限制的標點，比如「啊啊啊」、「……！！！」

老讓我百思不解。有一天，充滿求知欲地詢問大人竟然換來一巴掌後，那種閱讀的機會和樂趣也隨著消失了。

所幸這些閱讀的失落感，很快從大人的龍門陣中重新得到養分。講到這裡，我似乎先得跟一個村中長輩游條春先生致敬，並願他在天之靈安息。

我所成長的礦區，幾乎全是為著黃金而從四面八方擁至的冒險型人物，每人幾乎都有一段異於常人的傳奇故事。這些故事當事人說來未必精采，但一透過游條春先生的嘴巴重現，有時連當事人都聽得忘我，甚至涕泗縱橫，彷彿聽的是別人的故事。

條春伯沒當過日本兵，可是他可以綜合一堆台籍日本兵的遭遇，一如連續劇般從入伍、受訓、逃亡荒島，面對同鄉同袍的死亡，並取下他們的骨骸寄望帶回故鄉，乃至骨骸過多搞不清哪是誰的等等，讓聽的人完全隨他的敘述或悲或笑，彷彿跟他一起打了一場太平洋戰爭。此外他也可以把新聞事件說得讓一個三、四年級的小孩，到現在仍記得當時腦中被觸動的畫面。例如當年瑠公圳分屍案的凶手做案之後帶著小孩到安東街吃麵（這讓我一直以為台北的安東街是條專門賣麵的街道），還有甘迺迪總統被暗殺、賈桂琳抱住她先生、安全人員跳上飛快的車子保護賈桂琳……當然，這記憶全來自條春伯的嘴巴而不是報紙。我的記憶全是畫面，有畫面，是因為條春伯說得精采，說得有如親臨他至死都還搞不清地理位置的達拉斯命案現場。

於是這小孩長大後無條件地相信：通俗是一種功力，絕對自覺的通俗更是一種絕對的功力。透過那樣自覺的通俗傳播，即使連大字都不識一個的人，都能得到和高階閱讀者一樣的感動、快樂、共鳴，和所謂的知識、文化自然順暢的接軌。也許就是因為這些活生生的例子，俗氣的自己始終相信：講理念容易講故事難，講人人皆懂、皆能入迷的故事更難，而能隨時把這樣的故事講個不停的人，絕對值得立碑立傳。

條春伯嚴格地說是有自覺的轉述者，至於創作者，我的心目中有兩個。一個是日本導演山田洋次，一個是推理小說家阿嘉莎．克莉絲蒂。

山田洋次創造了寅次郎這個集合所有男人優點跟缺點的角色，在以《男人真命苦》為名的系列下，總共完成百部左右的電影。它們的敘述風格、開頭、結尾的方法不變，唯一改變的是故事，是時代，是遍歷日本小鄉小鎮的場景。數十年來，看《男人真命苦》幾已成為日本人每年的一種儀式，一如新春的神社參拜。

數十年前訪問過山田導演，他說，當他發現電影已然有它被期待的性格時，電影已經不是導演自己的。他說：當所有人都感動於美人魚的歌聲時，你願意為了讓她擁有跟你一樣的腳，而讓她失去人間少有的嗓音嗎？

人間少有的嗓音與動人的歌聲，都來自山田導演絕對自覺的通俗創造。

再如阿嘉莎．克莉絲蒂，如果我們光拿出她說過的故事和聽過她故事的人口數字，就足以嚇死你。五十多年的寫作生涯，她總共寫出六十六本長篇推理小說，外加一百多篇短篇小說和劇本。其中有二十六本推理小說被改編，拍了四十多部電影和電視劇集。作品被翻譯成一百零三種文字的版本，銷量超過二十億本。

夠了。你還想知道什麼？知道二十億本的意義是什麼嗎？二十億本的意義是全世界平均三個人就有一個人讀過她的書，聽過她說的故事。

說來巧合，她和山田洋次一樣，創造出個性鮮明的固定主角（當然，前前後後她弄出來好幾個），然後由他（或是她）帶引我們走進一個犯罪現場，追尋真正的罪犯。

故事就這樣？沒錯，應該說這是通常的架構。那你要我看什麼？不急，真的不急，克莉絲蒂會慢慢冒出一堆足夠讓你疑惑、驚嚇、意外，甚至滿足你的想像力、考驗你的耐心和智商的事件來。

推理小說不都是這樣嗎？你說得沒錯，大部分是這樣，不一樣的是……對了，她像條春伯，像山田洋次，她真會說，而且她用文字說。

文字的敘述可以讓全世界幾代的人「聽」得過癮、「聽」個不停，除了聖經，也許就是克莉絲蒂。她不是神，但她真的夠神。

數十年前，台灣剛剛出現她的推理系列中譯本，那時是我結婚前，常有同齡的文藝青年來我租住的地方借宿，瞄到我在看克莉絲蒂，表情詭異地說：「啊？你在看三毛促銷的這個喔？」

我只記得他抓了一本進廁所，清晨四點多，他敲開我的房門說：「幹，我實在很討厭那個白羅……再拿一本來看看，我跟你說真的，要不是你的書，我真的很想把那個矮儸壓到馬桶吃屎！」

我知道他毀了，愛吃又假客氣，撐著尊嚴騙自己。克莉絲蒂再度優雅地撕破一個高貴的知識份子的假面具，她的手法簡單，那手法叫通俗，絕對自覺的通俗，無以倫比、無法招架的功力。

昔日的文藝青年如今跟我一樣，已然老去，但不時還會看到他寫一些充滿理念和使命感極重的文章，在報紙和雜誌上出現。我知道他要說什麼，只是常常疑惑他想跟誰說；同樣，我記得他說過什麼，但轉眼間忘記他說了什麼。但請原諒我，幾十年前那個晚上，他在我家看完的那兩本克莉絲蒂的小說內容，我可還記得清清楚楚。

也許有一天再遇到他的時候，我會問他之後是否還看過克莉絲蒂其他的書，如果沒有，我會跟他說，想讀要趁早，因為你會老、會來不及。至於白羅那個矮儸，大概永遠不會消失。哦，對了，還有一個叫瑪波，你說不定會來不及認識……

老派偵探之必要

冬陽（推理評論人，台灣推理作家協會理事長）

「讀者非常喜歡白羅這個人物，表示『那個開朗的小個子，過氣的比利時名偵探』。顯然白羅是這本小說受歡迎的一個原因，雖然白羅可能不贊同用『過氣』二字來形容他。」知名編輯兼作家經紀人約翰．柯倫（John Curran）在《阿嘉莎．克莉絲蒂的秘密筆記》一書如是說，文中提到的「這本小說」，正是克莉絲蒂初試啼聲、名偵探赫丘勒．白羅優雅登場的《史岱爾莊謀殺案》，一部於一個世紀前出版的偵探推理作品。

百年光陰的淬鍊顯然證明了白羅絕無過氣的疲態，連帶讓我聯想起電影《金牌特務》（*Kingsman*）上映後，大眾熱議西裝如何能帥氣俊挺歷久不衰——或許可以從這個切入角度，在這裡跟老書迷、新讀友探究這個蛋頭翹鬍子偵探（我沒有影射哪款洋芋片食品喔）的魅力所在。

且讓我們話說從頭。

「我敢打賭你寫不出好的推理小說。」一九一六年，阿嘉莎．米勒（克莉絲蒂婚前的舊姓）在媽媽的打字機上敲擊，打算回應姊姊梅姬這挑釁的話語。她努力嘗試，但故事寫得不好，於是改從身旁熟悉的事物著手——比方說毒藥。阿嘉莎在藥房工作過，曾在某個夜裡驚醒，匆匆回到調劑室重新配置，因為她不記得有沒有漏做一個重要步驟，否則病患就要去見閻王了——噢，這似乎是個謀殺好點子。

阿嘉莎還記得姨婆對她的叮嚀：要注意他人覬覦她珍藏的首飾，時時留意是不是有人偷偷拉長了耳朵聽她們的竊竊私語。小阿嘉莎不但執行得徹底，還把這個習慣寫進小說裡。同時她還注意到，因為世界大戰爆發，家鄉托基湧入許多比利時難民，不如讓一個逃難到英國的比利時退休警官擔任偵探？一定很有趣！

啊，偵探小說顧名思義，只要塑造出一個教人印象深刻的偵探，大概就成功一半。這個人物必須要有特色、有個性，甚至是怪癖，而且聰明又自負。好幾個名字浮現在她腦海裡：莫里斯．盧布朗（Maurice Leblanc）筆下的怪盜紳士亞森．羅蘋、卡斯頓．勒胡（Gaston Leroux）創造的新聞記者胡爾達必，當然還有那最最知名的夏洛克．福爾摩斯——連帶創造一個華生型的助手好了。該怎麼安排呢……

於是，一位偵探的樣貌漸漸成形：五呎四吋的小個兒，蛋型臉上蓄著保養得宜、梳理有型的鬍子，衣著一塵不染，漆皮鞋擦得錚亮。他有嚴重的潔癖，說話不時夾雜法語，喜歡成雙成對的東西，喜歡方的不喜歡圓的（雞蛋為什麼不是方的呢？），口頭禪是「動動灰色的腦細胞」。阿嘉莎心想，他應該要有個像福爾摩斯一樣響亮的名字，取名「赫丘勒斯」怎麼樣？希臘神話中的大力士。姓氏叫白羅，不過搭赫丘勒斯這個名字好像不配……改一下，赫丘勒．白羅好像不錯？就這麼定了吧！

白羅很聰明，懂得觀察入微沒錯，但這並不表示他就得是台獨尊腦袋、缺乏情感的冰冷思考機器，尤其要在人物關係錯綜複雜的莊園宅邸查案追凶，交際手腕得高明些才行。他不是在謀殺發生、屍體出現後才開始像頭獵犬四處嗅聞，而是憑藉旺盛的好奇心與強烈的同理心接觸各種人事物，進而探入被害者、犯罪者、各個看似無辜但多少都和事件沾上邊的關係者的心靈深處，佐以現今稱作鑑識、法醫等等科學鐵證（哎，證據人人知道，可是要怎麼跟真相合理地連結到一塊，這就是名偵探的功力啦），讓原本叫人束手無策的事件得以畫下完美句點。也因此，白羅偶爾能預測進而制止罪案的發生，甚至對殘酷但值得憐憫的罪行網開一面，這樣才合乎人性不是嗎？

婚後以阿嘉莎．克莉絲蒂為名，推出《史岱爾莊謀殺案》後深獲好評，相隔六年的《羅傑艾克洛命案》更是引發街談巷議，而克莉絲蒂全球暢銷前十大作品中，還包括《東方快車謀殺案》、《尼羅河謀殺案》、《ＡＢＣ謀殺案》、《藍色列車之謎》、《底牌》、《五隻小豬之歌》，合計八部皆由白羅擔綱演出。讀者不只喜愛這個聰明角色，還臣服於平實流暢的文筆及相對顯得衝突的複雜劇情，冷酷的謀殺動機隱藏在細膩的人際關係裡，穿透看似單純、帶點童話氣息的表象後，端賴名偵探明察秋毫、撥亂反正。尤其讓一個比利時人在英國土地上辦案，是克莉絲蒂的小心思，因為「英國人總是不信任外國人，也不相信睿智」（語出英國偵探俱樂部主席馬丁．愛德華茲〔Martin Edwards〕），讀者同凶手一樣輕忽不設防，卻也得到了參與鬥智競賽的意外驚奇和美好滿足。

這樣的閱讀感受，我稱之為「老派偵探之必要」，因為它純粹簡約，經得起反覆咀嚼，猶如前述的西裝革履，在潮流更迭的時間長河裡維持恆久的優雅風範——呼應吳念真先生寫在「策畫者的話」中的一段文字，那不是惺惺作態的高傲睥睨，而是「絕對自覺的通俗，無以倫比、無法招架的功力」所致。

不信？往下讀去就知道。而且我敢打賭，你有很高的比例會將整個白羅系列嗑完，然後是瑪波小姐系列以及其他系列，當然也不可能錯過像名列暢銷首位的《一個都不留》這類獨立之作……

註　克莉絲蒂推理全集一至三十八冊為「神探白羅系列」，三十九至五十二冊為「神探瑪波系列」，五十三至八十冊包含鬼豔先生、湯米與陶品絲、雷斯上校、巴鬥主任等名探故事。

獻詞

阿嘉莎．克莉絲蒂是世界讀者最眾，也最廣受喜愛的女作家。

身為克莉絲蒂的孫兒，我相信奶奶會非常樂見這次出版，

因為她極以自己作品中的趣味與娛樂為豪。

歡迎所有喜歡本系列的台灣新讀者參與這場饗宴！

——馬修．培察（Mathew Prichard）

一，二，縫好鞋鈕
三，四，關上門
五，六，撿樹枝
七，八，排整齊
九，十，肥母雞
十一，十二，挖呀挖
十三，十四，小姐談戀愛
十五，十六，女傭在廚房
十七，十八，女僕桌邊忙
十九，二十，食物吃光光

01

一，二，縫好鞋釦

早餐的時候，莫利先生沒什麼好脾氣。

他抱怨燻豬肉味道不佳，咖啡看起來像泥漿，還說早餐的麥片一次比一次糟糕。

莫利先生個子很小，但是他的臉部輪廓果斷自信，下巴的線條看來頗好爭鬥。他姐姐身材高大得像個女擲彈手，他的家務都由她料理。

她若有所思地望著弟弟，問他是不是洗澡水又太冷了。

莫利先生很不情願地回答說，不是這麼回事。

他瞥了一眼報紙，批評政府已從無能的狀態蛻變為十足的愚蠢！

莫利小姐聲音低沉地說，不管哪個政府掌權，她都認為是非凡的成就。因此她逼她弟弟解釋為什麼政府的政策不能令人信服，是愚蠢、軟弱，甚至是毀滅性的。

當莫利先生充分解釋了他的看法後，他又喝了一杯他看不上眼的咖啡，才發洩出真正使他氣惱的事。

「這些女孩子，」他說，「都是一個樣！不負責任，自私自利，完全不可靠。」

莫利小姐問：「你是指格拉蒂斯？」

「我剛收到她寫的便條，她說她的姑媽中風了，因此她得去薩默塞特郡。」

莫利小姐說：「這真叫人惱火，不過，親愛的，也不能說是格拉蒂斯的錯。」

莫利先生搖搖頭。

「我怎麼知道她姑媽是不是真的中風？我怎麼知道不是她跟那個小夥子策畫好的？那個不正經的年輕人。倘若說我見過什麼信不過的人，那傢伙就是這種人！也許他們事先策畫好去郊遊。」

「哦，不會的，親愛的，我認為格拉蒂斯不會做這種事。你不是覺得她一向勤勤懇懇盡職盡力？」

「沒錯，沒錯。」

「你說她是個聰穎、熱愛工作的女孩。」

「沒錯，沒錯，喬治娜，不過那都是這混小子出現前的事。最近，她變很多，完全不一樣了。魂不附體、心煩意亂、緊張不安。」

女擲彈手深深地嘆了口氣。她說：「不管怎麼說，亨利，年輕女孩很容易墜入情網，這是沒辦法的事。」

莫利先生厲聲說：「她不該讓愛情影響她的工作，尤其是今天，我又特別忙！有好幾位十分重要的病人。真叫人火冒三丈！」

「我相信這一定很傷腦筋，亨利。順便問一句，那個新來的小夥子表現得如何？」

亨利．莫利沮喪地說：「我從未見過這麼糟的人！一個名字也對不起來，工作態度再草率不過了。要是他再不改進，我就要炒他魷魚，再找一個人。不知道我們的教育發生了什麼問題，淨在培養笨蛋。你說什麼他們都不明白，更別說要他們牢記在心了。」

他看了一眼手錶。

「我該走了。今天早上我的時間排得滿滿的。那個叫森伯莉．西爾的女人要補牙，她痛得受不了了。我建議她去找賴利，可是她根本不聽。」

「她當然不聽嘛。」喬治娜流露出對弟弟的忠心。

「賴利確實十分能幹，他的學歷是一流，又懂得最新技術。」

「不過，他的手會顫抖，」莫利小姐說道，「依我看來，他還酗酒呢！」

她弟弟笑了，又恢復了往常的好脾氣。他說：「我會和平常一樣，一點半來拿三明治。」

§

在薩伏飯店的安布若提斯正用牙籤剔著牙齒，獨自咧嘴笑著。

一切都進行得很順利。

他的運氣像往常一樣好，想不到他只對那個傻女人說了幾句客氣話，居然就得到如此優厚的回報。嗯，行善本該不圖回報嘛！他一直都是個善良的人，而且慷慨大方！今後，他會更加慷慨大方。他的眼前飄過種種行善的場面，小德米崔……還有那個好心腸的康斯坦特・鮑勃勒斯，含辛茹苦地經營著他的小餐廳。對他來說這些都是令人高興的意外。

牙籤在嘴裡隨意地剔來剔去，安布若提斯臉部的肌肉因為牙痛而抽搐了一下。剛才幻想著的景象突然變得暗淡無光，現在得考慮當務之急了。他用舌頭摸索口腔，並掏出筆記本。筆記本上寫著：

夏洛特皇后大街五十八號。十二點鐘。

他試圖重新抓回原先的好心情，可是徒勞無功，眼前的一切已經收縮成幾個不加修飾的大字：「夏洛特皇后大街五十八號。十二點鐘。」

§

在南肯辛頓的格倫戈里飯店，早餐時間已經結束，森伯莉．西爾小姐正在大廳裡跟博萊索夫人說話。她們在一個星期前，也就是森伯莉．西爾小姐下榻飯店當天，因為坐在相鄰的餐桌用餐，而變成了朋友。

森伯莉．西爾小姐說：「嘿，親愛的，牙齒真的已經不疼了！一點疼痛的感覺也沒有！我想，也許我要打個電話——」

博萊索夫人打斷了她：「別傻了，親愛的，你得去看牙醫把它治好。」

博萊索夫人的個子很高，說話聲音低沉，相當引人注目。森伯莉．西爾小姐則是四十歲出頭，頭髮花白而凌亂鬈曲。她的衣服沒有造型，有藝術家的味道，而她的夾鼻眼鏡老是往下掉，說起話來滔滔不絕。

現在她愁眉苦臉地說：「不過說真的，它一點也不疼了。」

「胡扯，你剛才還跟我說，昨天夜裡疼得幾乎沒闔眼。」

「沒有，我才沒有——不，確實有過，是的，但現在，已經沒感覺了。」

「那就更該去看牙醫，」博萊索夫人口氣十分肯定。「我們都愛拖延這種事，就因為膽小。不如一勞永逸地把它治好吧。」

有句話停留在森伯莉・西爾小姐的唇上欲言又止，是句表示反抗的喃喃自語：「沒錯，反正不是你的牙齒！」

不過，她真正說出口的卻是：「我想你說得很對。而且莫利先生是個輕手輕腳的人，從來不會弄疼病人。」

§

董事會會議已經順利結束，報告很成功，沒有出現任何異議。但是敏感的塞繆・羅瑟斯坦卻察覺，董事長的舉動有些微異常。

他的聲音中有一兩處特別短促，帶有苦澀的味道，與會議的進行頗不相稱。

也許是某種難言之隱？然而，不管怎麼說，羅瑟斯坦無法把難言之隱與阿利斯泰・布倫特聯想在一起。他是個不會感情用事、非常典型的英國人。

當然，肝若是……羅瑟斯坦先生的肝不時出毛病，不過他從未聽到阿利斯泰抱怨他的肝不好。阿利斯泰的身體狀況完美無缺，就像他聰慧過人的大腦和如魚得水的理財能力；但他絕不招搖好事，十足的溫文爾雅。

然而，還是有些不尋常，有一兩次董事長用手摸著自己的臉，用手撐著下巴，這不是他平常的坐姿，而且有一兩次他顯得心神恍惚。

他們步出董事會辦公室，走下了樓梯。

羅瑟斯坦問：「我開車送你吧？」

阿利斯泰．布倫特笑著搖搖頭。

「我的車在等著呢。」他看了一眼手錶。「我不回城裡去。」他停了一下又說：「事實上，我要去牙科醫生那兒。」

謎底揭曉了。

§

赫丘勒．白羅從計程車下來，付了車資，便按了夏洛特皇后大街五十八號的門鈴。

過了一會兒，一個小夥子把門打開，他身穿接待生的制服，滿臉雀斑，一頭紅髮，舉止十分嚴肅。

赫丘勒．白羅問：「莫利先生在嗎？」

他妄想著莫利先生被人請走了，或者生病了，今天不看病了……一切幻想純屬徒勞。接待生後退一步，讓赫丘勒．白羅跨進屋裡，門無情地在他身後關上，他的命運已經注定，不會有絲毫改變。

接待生開口：「請問貴姓大名？」

白羅把名字告訴他，大廳右邊的一道門被推開，他踏進了候診室。

候診室裡裝飾得很有品味，然而在赫丘勒．白羅的眼裡，卻有一種說不出的陰鬱。在那光亮的仿古式薛萊頓長桌上，整整齊齊地擺著報紙和雜誌。仿古的赫伯懷特式餐具櫃內，放著一對薛菲爾德產的鍍銀燭台，和一個裝水果糕點的分層飾盤。壁爐台上安放著一個青銅鐘和兩只銅花瓶，窗戶上懸掛著藍色的天鵝絨帷簾。黑橡木色的椅子，畫著紅色的花鳥圖案。

一位軍人模樣的紳士坐在一張椅子上，黃色皮膚，蓄著令人討厭的鬍鬚。他注視白羅的表情，就好像在觀察某種有害的昆蟲一樣，看得出他寧願身上帶的不是一把槍，而是一罐弗利特牌殺蟲劑。白羅厭惡地注視著他，暗中思忖：「怎麼有些英國人天生就一副臭臉和怪裡怪氣，活著要是這麼痛苦，何不出娘胎時就把他們掐死算了。」

軍人模樣的紳士對白羅怒目凝視了好一會兒，隨後一把抓住《泰晤士報》，為了不再看到白羅，就把椅子轉個方向，認真讀起報來。

白羅拿起一本《噴趣》週刊。

他非常仔細地翻閱了一遍，但沒有找到有趣的笑話。

接待生走進來叫著：「阿羅．邦畢上校有請。」

於是那位軍人模樣的人被領走了。

白羅正想著這是個奇怪名字，這時門又突然打開，走進一個三十歲左右的年輕人。

當那年輕人站在桌子旁邊，不停地翻著雜誌時，白羅在一旁打量著他。一個不討人喜歡而且看起來危險的年輕人，他思忖道，說不定是個殺人凶手。至少，他比赫丘勒・白羅所逮捕過的任何凶手都更像凶手。

接待生打開房門，叫了一聲：「皮勒先生有請。」

白羅理所當然地認為這是在叫喚自己，便站起身來。接待生把他帶往大廳後面，轉彎來到一個小電梯前，然後坐電梯把他領到二樓。在二樓上，接待生領著他穿過走廊，打開一扇房門，進入一間小小的候診室，又在第二道門上敲了一下，沒等屋內回應就打開門，往後一站，讓白羅進去。

白羅進屋後聽見了嘩嘩的自來水聲，便繞到門後，發現莫利先生正在牆邊的洗手池，帶著職業癖的洗著雙手。

§

即使是大人物，一生中一定有丟臉受辱的時刻。人們說，沒有一個男人在貼身隨從面前是英雄，我們還可以加上一句，去看牙時，沒有男人敢說自己是英雄。

赫丘勒．白羅有感於這個事實，渾身毛骨悚然。

白羅是個自視甚高的人，他是赫丘勒．白羅，在很多方面都優於別人。然而在此刻，他的優越感盡失，他的精神狀態盪到了最低點，他只是個平凡的膽小鬼，一個怕坐牙醫診所手術椅的人。

莫利先生結束了他職業性的洗手，用鼓勵的職業性口吻說著：「這個時候，天氣不該那麼暖，是吧？」

他慢慢地領著白羅走向指定的地點——那張手術椅！

他上下調節著手術椅擱頭的部位，動作十分靈活。

赫丘勒．白羅深深吸了口氣，跨上椅子，躺了下來，把頭部放鬆地靠在枕子上，任憑莫利先生熟練地擺弄。

「這樣，」莫利先生興致勃勃地問，「舒不舒服？舒服嗎？」

白羅用低沉憂鬱的嗓音回答說，這樣很舒服。

莫利先生把他的小桌子轉近些，拿起一面小鏡子，抓起一件器械，準備開始工作。

赫丘勒．白羅雙手緊抓椅子把手，閉起眼睛，張開嘴巴。

「有哪裡特別不舒服嗎？」莫利先生問。

赫丘勒．白羅因為張著嘴，講話困難，聲音聽起來有些含混，因此他的回答被理解成沒有哪裡特別不舒服。

事實上，這是一年兩次的例行檢查，他做事一向有板有眼，因此才會來到這裡。當然，或許用不著任何治療……莫利先生或許會忽略不時疼痛的倒數第二顆牙……但是這不太可能，因為莫利先生是個技術高超的牙醫。

莫利先生慢慢地從這顆牙檢查到那顆牙，又是輕輕敲打，又是用器械探索，還喃喃自語地發表意見：「那顆牙的填補物有些磨損，不過沒什麼大不了，我很高興牙床完好無損。」

他對某顆牙產生懷疑，停頓了一下，轉動器械探查，再檢查一次，還好是一場虛驚。他又檢查下面的牙齒，一、二，接著到第三顆──不！赫丘勒．白羅模糊地想起一個成語：「獵犬發現了野兔！」

「這顆牙有點小麻煩。你不感覺疼嗎？唔，我感到吃驚。」

他又繼續往下查。

最後，莫利先生直起身子，露出滿意的神情。

「沒有什麼嚴重的問題，只是兩顆牙的填補物有點脫落，還有上面那顆臼齒有蛀痕。我想，今天早上都可以解決。」

他打開開關，響起一陣嗡嗡聲。莫利先生取下牙鑽，細心謹慎地裝上鑽頭。

「不舒服要讓我知道。」他簡短地說了一聲，便開始了令人生畏的動作。

白羅根本不必表示，不必舉手、皺眉、眨眼，或者大聲叫喊。莫利先生十分適時地停止鑽機，短促地吩咐了一下「漱口」，敷了些藥，選了個新鑽頭，又繼續。這種鑽動帶來的折磨，與其說是疼痛，不如說是恐怖。

眼下，莫利先生正在準備填補物，談話又重新開始。

「今天上午我得自己做這件事，」他解釋，「芮薇爾小姐被叫走了。你還記得芮薇爾小姐嗎？」

白羅違心地表示還記得。

「她的一個親戚生病，因此她被叫回鄉下。這種事老是會發生在正忙的時候。我今天上午已經耽誤了時間，你前面那個病人又遲到。真叫人惱火，整個上午都攪亂了。另外，我還得多看一個病人，因為她牙疼得厲害。我在上午總會留一點時間應付這種情況，但是，還是手忙腳亂。」

莫利先生一邊碾填充物一邊仔細看著。隨後他又往下說：「我跟你說，我一直在觀察一件事，白羅先生，那些舉足輕重的人物，他們總是準時到，從來不讓你等，譬如說，王室成員，他們最小心謹慎。那些城裡的大老也一樣。今天早上有個有頭有臉的人物要來──阿利斯泰・布倫特！」

莫利先生洋洋得意地說出了這個名字。

白羅嘴裡塞著幾團棉球，舌頭下面還有一根發出聲響的玻璃管，他說不出話來，只能發出一些意義不清的噪音。

阿利斯泰．布倫特！一個響噹噹的名字。他不是公爵，不是侯爵，不是首相，他就是阿利斯泰．布倫特先生。大眾幾乎不認識他的臉孔，他只偶爾出現在報紙短訊中，並非一個招搖的人。

他是一個不願拋頭露面、人們也無法描述的英國佬，然而他卻是英國最大的銀行老闆，一個擁有億萬財富的人，一個對政府發號施令的人。他過著平靜而低調的生活，從不在公眾場合亮相，也從不發表演說。然而他手中掌握著國家最高權力。

莫利先生俯著身子把填充物塞進白羅的牙齒裡，仍然用充滿崇敬的語調說著：「他赴約從來不遲到，常常把他的車打發走，然後步行回到辦公室。他隨和、謙遜、毫無架子，他打高爾夫球，喜愛園藝。你作夢也想不到，這種人能買下半個歐洲！他看上去普通得就像你我之輩。」

聽到莫利隨口把他們兩個連在一起，白羅心中感到一陣不快。莫利確實是個不錯的牙科醫生，但是倫敦城裡也還有其他不錯的牙醫，而赫丘勒．白羅卻只有一個哩！

「請漱口。」莫利先生說。

「要知道，這就是對那些追隨希特勒、墨索里尼和其他什麼主義者的回應。」莫利先生在處理第二顆牙時繼續說：「我們英國就不用把國家弄成那樣，瞧，我們的國王和女王多麼民主。當然，像你這樣習慣於共和思想的法國人是……」

「我，呃，不是……法國……人；我……呃，是比利時人。」

「嘖，嘖，」莫利先生憂傷地說，「我們必須使蛀牙完全乾燥才行。」

他毫不留情地把熱空氣往蛀洞口噴。

接著他又往下說：「我不知道你是比利時人，真有意思，我聽人說利奧波德國王是個好人。我堅決信奉皇室傳統，要知道，皇室的人訓練有素。你看他們記住姓名和面孔的能力，多麼不同凡響，這全是訓練的結果。不過，當然囉，有些人對這類事情有天生的才能，像我就是，我記不住名字，但是我見過的面孔就怎麼也忘不了。譬如，前幾天來了個病人，我過去從未見過他，他的名字對我來說毫無意義，但我立即對自己說：『我在哪兒見過你呢？』我還沒理出頭緒，不過，我確信我會想起來的。請再漱一次口。」

漱口完畢，莫利先生用斟酌的目光朝病人的嘴裡細細瞧著。

「唔，我認為，看起來一切正常。咬合一下，輕輕地……舒服嗎？根本感覺不到填充物吧？再張開。嗯，看來一切正常。」

赫丘勒·白羅下了椅子，這下他成了自由人。

「再見，白羅先生。你沒在我的屋子裡偵查到罪犯吧？」

白羅笑著回答：「在我來這裡之前，每個人在我眼裡都像罪犯！現在嘛，也許情況已有不同。」

「啊，是的，之前和之後有巨大的差別！這時，我們牙醫也不再是魔鬼了！要我按鈴幫你叫電梯嗎？」

「不，不必，我待會兒走下去吧。」

「那就隨你方便，電梯在樓梯旁邊。」

白羅出了房間。當他關上身後的房門時，他聽到水龍頭又打開了。

他走下兩段樓梯，當他來到最後一個轉彎處時，看到那位駐印度的英軍上校也出來了。他現在看起來一點也不凶狠，白羅愉快地想，他說不定是個神槍手，射殺過許多狠角色，是大英帝國前哨部隊的中堅份子呢。

他走進候診室去拿他放在那裡的帽子和手杖，那個焦躁不安的年輕人還在，這使白羅感到有些吃驚。另外還多了一位病人，一名男子，在看《野外雜誌》。

白羅帶著煥然一新的善意端詳著這個年輕人，他看上去還是一臉凶相，彷彿想進行一場謀殺，只不過他不是凶手。白羅體貼地思忖著，毫無疑問，過一會兒，這個年輕人就會腳步輕盈地走下樓梯，由於疼痛已經結束，他將興高采烈，滿面笑容，對誰都不會有惡意。

接待生走進候診室，這次是用明確而肯定的口吻叫：「布倫特先生有請。」

桌旁那位男子放下《野外雜誌》，站起身來。他是一名中等個子的中年人，胖瘦適中，穿戴講究，態度謙和。

他跟著接待生出了候診室。

他是英國最富有和最有權勢的人之一，然而，他像其他人一樣，仍得來看牙醫，而且毫無疑問，也和其他人有相同的感覺！

這些念頭在赫丘勒．白羅的腦海裡一閃而過，隨後，他拿起帽子和手杖，朝門口走去。他習慣性地回頭看了一眼，這時他驚訝地想，那個年輕人的牙一定疼得不輕。

白羅在門廳的鏡子前停下來，整理一下在莫利先生補牙時被搞亂的小鬍子。

他剛滿意地整理好鬍子，電梯又降了下來，接待生從門廳的後面走來，一面吹著刺耳的口哨，他一看到白羅便猛地住口，走上前來為他打開前門。

一輛計程車剛好在門前停下來，一條腿從車裡跨了出來。白羅帶著男性的興味打量著這條腿。

勻稱的腳踝，質感上乘的長筒襪。這條腿還不錯，不過他不喜歡這隻鞋，一隻全新的漆皮鞋，上面有個很大而閃閃發光的裝飾鞋釦。他搖了搖頭。

土裡土氣的鞋子！

那位女士下了計程車，可是在下車時，她的另一隻腳絆在車門上，上面的裝飾鞋釦被卡掉，叮噹一聲落到人行道上。白羅充滿騎士風度地一步向前把它撿起，然後深深一鞠躬，把鞋釦歸還原主。

老天爺！不是四十歲左右，而是將近五十歲了。她戴著夾鼻眼鏡，凌亂而灰黃相雜的頭髮，衣服不好看，是那些暗沉的人工綠。

她向他表示謝意，結果夾鼻眼鏡掉在地上，接著手提包也掉了。

雖然已胃口盡喪，但白羅還是彬彬有禮地替她撿起夾鼻眼鏡和手提包。

她走上了夏洛特皇后大街五十八號的階梯，而那位計程車司機因為小費太少，而露出厭惡的樣子呆在那裡，白羅打斷了他的沉思。

「喂，你現在空閒著嗎？」

計程車司機陰鬱地回答說：「哦，我是閒著。」

「我也是，」赫丘勒．白羅說，「高枕無憂啦。」

他看到司機滿腹疑慮的樣子。

「不，朋友，我沒喝醉。因為我剛去了牙醫那兒，因此六個月之內不用再來，想到這個就叫人高興。」

02 三，四，關上門

電話鈴響的時候是兩點四十五分。

赫丘勒．白羅正坐在安樂椅上，滿心舒坦地消化著美味的午餐。

他並沒有因為電話鈴聲站起來，而是等忠心耿耿的喬治來接電話。

喬治說了聲：「請等一會兒，先生。」便放下話筒。

白羅問：「怎麼啦？」

「是傑派探長，先生。」

「是嗎？」

白羅舉起話筒放在耳邊。

「喂，老朋友，」他說道，「什麼事？」

「是你嗎，白羅？」
「沒錯。」
「我聽說你今天上午去看牙了，是不是？」
白羅喃喃地說：「你們蘇格蘭警場還真是無所不知！」
「醫生叫莫利，夏洛特皇后大街五十八號？」
「是的，」白羅的聲音變了。「幹嘛？」
「你真的去看病，是嗎？我的意思是，你不是去嚇唬他或什麼的吧？」
「當然不是。如果你真想知道的話，我去補了三顆牙。」
「在你看來，他的行為舉止跟往常一樣嗎？」
「可以這麼說，沒錯。你問這幹嘛？」
傑派的聲音死板板的。
「因為過沒多久，他就開槍自殺了。」
「什麼？」
傑派高聲說道：「你感到吃驚嗎？」
「坦白講，我非常震驚。」
傑派說：「我也覺得不太對勁，我想和你談談。你可不可以來這裡一趟？」

「你在哪裡？」
「夏洛特皇后大街。」
白羅說：「我馬上過去。」

§

一名警察打開了五十八號的大門，恭恭敬敬地問：「是白羅先生嗎？」
「是的，我就是。」
「探長在樓上，二樓，你知道地方嗎？」
赫丘勒．白羅說：「我今天上午才到過那裡。」
二樓有三個人，白羅進去時，傑派抬起頭來。
他說：「很高興見到你，白羅。我們正要把他挪走，你想先看看他嗎？」
一個手持相機跪在屍體旁的男子站起來。
白羅走上前去。屍體躺在壁爐旁邊。
死去的莫利先生和他生前的模樣相差無幾。在他右邊太陽穴的正下方，有一個很小的黑孔，一把小手槍橫在他右手附近的地板上。

白羅輕輕地搖搖頭。

傑派說：「好吧，現在可以把他挪走了。」

他們拖走了莫利先生，房間裡只剩下傑派和白羅兩人。

傑派說：「我們做完了所有的例行檢查、採指紋等等。」

白羅坐了下來，開口說：「跟我講講經過吧。」

傑派噘起嘴說：「他有可能是開槍自殺，他或許確實是自殺。槍上只有他的指紋……不過我對此感到懷疑。」

「懷疑什麼？」

「唔，首先，他似乎沒有自殺的理由，他的健康狀況良好，收入可觀，也沒聽說他有什麼煩惱。他和女人沒有任何糾葛——至少，」傑派小心翼翼地修正了自己的說法，「至目前為止，就我們所知，他沒有。他性格並不抑鬱、不沮喪，也沒有異常行為。所以我急於聽聽你的意見，因為你今天上午才見過他，我想知道，你是否感覺到異常？」

白羅搖搖頭。

「一點也沒有。當時，我該怎麼說呢？一切正常。」

「那麼，這就有些怪了，不是嗎？不管怎麼樣，你很難想像一個人會在工作正忙的時候開槍自殺。幹嘛不等到晚上呢？那樣做才合乎常理嘛。」

白羅表示同意。

「悲劇是什麼時候發生的？」

「不知道確切的時間。似乎沒人聽見槍聲，不過，我認為他們也不會聽到。從這裡到走道之間有兩道門，而且門的四周都塞著粗呢布──我想，那是為擋住手術椅上的病人發出的噪音。」

「非常可能，病人打了麻醉劑有時會大喊大叫。」

「的確，而且，外面街上來往的車輛很多，因此，在外面也不太可能聽到。」

「什麼時候發現屍體的？」

「大概在一點三十分，是個名叫艾非德．比格斯的接待生發現的。根據大家的說法，這傢伙不太機靈。當時預約十二點半的那個病人，似乎因為等太久而抗議，所以將近一點十分的時候，這小夥子上樓去敲門，房裡沒有回答，他顯然也不敢進去。他已經被莫利先生訓斥過幾回，因此害怕再做錯事，便又回到樓下。一點十五分那病人氣呼呼地走了。不能怪她，她已經等了四十五分鐘，而且也該吃午飯了。」

「那個女人是誰？」

傑派咧嘴笑了。

「據那接待生說，她叫舍蒂，但是根據預約簿上的登記，她叫柯爾比。」

「引領病人上去的程序是如何？」

「當莫利做好治療下一個病人的準備後，他就按診療室裡的信號鈴，接待生就領著病人上去。」

「那麼，莫利最後一次按信號鈴是什麼時候呢？」

「十二點零五分。那個男孩帶進了正在等候的病人。根據預約登記簿，他叫安布若提斯先生，住薩伏飯店。」

白羅的嘴唇上現出一絲淺笑。他嘟囔道：「不知道我們那位接待生是如何叫出那個名字的？」

「一定是亂喊一通。如果想開心一下，我馬上就去問他。」

白羅問：「這個安布若提斯先生是什麼時候離開的？」

「不是接待生領他出來的，因此他不知道……許多病人都沒有按鈴乘電梯，而是自己走下樓離開的。」

白羅點點頭。

傑派繼續說：「不過我打了電話給薩伏飯店。安布若提斯先生敘述的時間十分精確，他說他在關門時看了手錶，當時是十二點二十五分。」

「他有沒有跟你說什麼重要的線索？」

「沒有，他能說的就是牙醫的舉止看上去完全正常。」

「好吧，」白羅說，「那麼看來十分清楚，在十二點二十五分到一點半之間出了事情，而且，推測起來應該是接近十二點二十五分的時候。」

「完全可能，要不然——」

「要不然他會按信號鈴叫下一個病人。」

「一點也沒錯。無論是真是假，驗屍結果證明與此相符。驗屍醫生在兩點二十分檢查了屍體。他不敢打包票——他們現在絕不打包票。他們說，因為個人體質不同。但是他說莫利中槍的時間不可能晚於一點鐘，也許還要早得多，不過他也不能確定。」

白羅若有所思地說：「那麼，在十二點二十五分時，我們的牙醫還是個正常人，興高采烈、溫文爾雅、工作得心應手。在這以後呢？絕望？痛苦？隨你怎麼形容吧，於是向自己開了槍？」

「真有趣，」傑派說道，「你得承認，這件事真有趣。」

「有趣可不是個貼切的字眼。」白羅說。

「我知道不太貼切——可是人們就是這麼評論這種事。好吧，這事很詭異，如果你比較喜歡這樣的形容。」

「這是他自己的手槍嗎？」

「不，不是的，他沒有手槍，從來都沒有。據他姐姐說，他們家裡沒有這種東西。多數家庭裡都沒有嘛。當然囉，要是他打定主意要幹掉自己的話，會買一把的。如果是這樣，我們很快就會知道。」

白羅問：「還有什麼事情讓你傷腦筋？」

傑派摸摸鼻子。

「唔，還有他躺在地上的姿勢。我不是說一個人不可能那樣倒地，但說不上來為什麼，總覺得有點不對勁！而且在地毯上有一兩處痕跡，彷彿有什麼東西從這裡拖過去似的。」

「那顯然給了我們某種暗示。」

「是的，那個混小子。我有種感覺，那小夥子發現莫利後，也許試圖挪動他。當然囉，他現在否認這一點，可是當時他嚇壞了。他就是那種初出茅廬的蠢驢，那種總是搞壞事情而挨罵的傢伙，所以他們自然而然地學會漫天撒謊。」

白羅若有所思地打量著屋子四周。

他注視著門後牆上的洗手池，注視著門另一邊高大的文件櫃。他還端詳著手術椅和椅子周圍靠近窗戶的器械設備，然後沿著壁爐，把目光收回到剛才躺著屍體的地上，最後停在壁爐旁邊牆上的另一道門。

傑派的目光跟隨著白羅的目光。

「門那頭是一間小辦公室。」他猛地推開門。

正如傑派所說，這是間小辦公室，放著一張寫字檯和一張餐桌，上面擺著一架酒精燈和茶具，還有幾把椅子。這房間沒有其他出入口。

「這是他祕書工作的地方，」傑派解釋，「芮薇爾小姐看來今天不在。」

他的目光與白羅相遇，白羅說：「我記得他跟我說過。那或許又是否定自殺的一個根據？」

「你是說，她是被支開的？」傑派沉默了一下說：「倘若他不是自殺，那就是被謀殺。可是理由何在呢？這個答案似乎和那個答案同樣不可能。他看來是個安詳隨和的傢伙。有誰會想要謀害他呢？」

白羅說：「有誰可能謀害他？」

傑派回答說：「答案是，幾乎每個人都有可能！他姐姐有可能從樓上的寓所走下來開槍打死他，他的僕人可能走進來打死他，他的合夥人賴利有可能向他開槍，那個接待生艾非德也可能向他開槍，某個病人可能向他開槍……」他停頓了一下又繼續往下說：「還有安布若提斯也可能向他開槍，所有的人裡，屬他最輕而易舉。」

白羅點點頭。

「可是，假設是他——我們得找出原因來。」

「一點也沒錯。繞了一圈又回到原來的問題上。理由呢？安布若提斯住在薩伏飯店，一個有錢的希臘人為什麼要來牙科診所，開槍打死一個與世無爭的牙科醫生？這是我們調查中的一塊絆腳石。動機！」

白羅聳聳肩說：「看來死神用最拙劣的方法選錯了對象。如果死的是那個神祕的希臘人或富有的銀行家，甚至是著名的偵探，槍殺他們其中任何一個都是順理成章！因為神祕的外國人也許涉及間諜活動，銀行家死了有人可以受益，著名的偵探也許危及某個罪犯。」

「而可憐的老莫利對任何人都沒有危險。」傑派陰鬱地說。

「這我可不清楚。」

傑派猛地朝他回過身來。

「你有什麼高見？」

「什麼也沒有，只不過隨便說說。」

他向傑派複述了莫利先生隨口說起的話，說他辨認面孔的本事以及他提到的一名病人。

傑派露出疑惑的神色。

「我想這有可能。不過，這未免有點牽強。也許有某個人，他希望自己的容貌不為人所知。你今天上午沒注意到哪位病人怪怪的嗎？」

白羅嘟囔地說：「我今天上午在候診室看到一個年輕人，那模樣活脫脫像個兇手。」

傑派吃驚地問：「怎麼回事？」

白羅微笑道：「親愛的，那是在我剛到這裡的時候！我當時心神不定，淨在胡思亂想——總而言之，情緒不好。在我眼裡，什麼東西都充滿不祥之兆，候診室、病人、樓梯上的地毯！實際上，我想那年輕人當時牙疼得很厲害，就那麼回事！」

「我知道，可能是那麼回事，」傑派說，「不管怎麼說，我們仍然要調查你所說的那位『凶手』，不論是不是自殺，我們將調查每一個人。我認為，第一件事就是和莫利小姐再談一次話。我先前只和她說了一兩句。當然，這對她是個突如其來的打擊，但她不是那種會崩潰的人。我們現在去找她。」

§

喬治娜．莫利，高個子，臉色鐵青，一面聽著兩位男子的問話，一面回答問題。她帶著強調的語氣說：「這叫我難以置信，實在難以置信。我的弟弟竟然會自殺！」

「你有想過另一種情況嗎，小姐？」白羅問。

「你是說——謀殺？」她停了一會兒，接著緩慢地說，「可是，第二種情況看來跟第一種情況一樣不可能。」

「不過並非完全不可能吧？」

「不，因為——哦，首先，我說一說我了解的情況，那就是：我弟弟的心智狀態。我知道他沒有任何心事，我知道他沒有任何理由，根本沒有理由要結束自己的生命！」

「你今天早上在他上班之前看見他了？」

「是的，在早餐的時候。」

「他和往常一樣嗎？有沒有任何煩躁的情緒？」

「他的確感到煩躁，但不是你說的那種煩躁，他只是覺得惱火！」

「為什麼惱火？」

「他早上通常會十分繁忙，然而他的祕書兼助手卻不在。」

「就是芮薇爾小姐嗎？」

「是的。」

「她通常為莫利先生做些什麼事？」

「她負責他的對外聯絡工作，把所有的圖表登記備案，她還要確保所有的器械都消毒過了，要在他工作時遞給他填補劑。」

「她和他一起工作多久了？」

「三年。她是個十分可靠的女孩，我們——我們倆都很喜歡她。」

白羅說：「她不在是因為她的親戚病了，你弟弟是這樣跟我說的。」
「是的，她收到電報，說她姑媽中風，她搭早班火車去了薩默塞特。」
「那就是你弟弟如此惱火的原因？」
「是啊。」莫利小姐的回答中露出一絲遲疑。她急匆匆地往下說：「你們……你們不會認為我弟弟沒有同情心吧？他覺得她……只是一瞬間——」
「什麼，莫利小姐？」
「唔，覺得她也許是故意怠忽職守。哦！請別誤會，我確信格拉蒂斯絕不會做這種事，我對亨利說了。但事實是，她和一個很不討人喜歡的小夥子訂了婚，亨利對此十分惱火，因此他突然想到，或許是這個小夥子說服她請了一天假。」
「這可能嗎？」
「不，我相信不可能，格拉蒂斯是個很自制的女孩子。」
「那麼，那小夥子有可能建議她做這種事？」
莫利小姐蔑視地說：「老實說，很有可能。」
「這個小夥子是幹什麼的？還有，他叫什麼名字？」
「卡特，弗蘭克．卡特，我想，他是保險公司的職員，或者曾經是。幾個星期前，他丟了飯碗，而且好像還沒找到另一份工作。亨利說那小夥子根本是個無賴，我敢說他是對的。

格拉蒂斯確實把一部分積蓄借給了他，亨利對此氣得要命。」

傑派口氣生硬地問：「你弟弟是否設法說服她毀婚？」

「是的。我知道他這樣做了。」

「那麼，這個弗蘭克．卡特，很可能因此和你弟弟結了仇。」

女擲彈手粗魯地回答：「胡說——假如你們在暗示弗蘭克．卡特殺了亨利。當然囉，亨利建議那女孩別理卡特那小夥子；但她並沒有接受他的意見，還是傻呼呼的想要嫁他。」

「還有誰會和你弟弟結仇嗎？」

莫利小姐搖搖頭。

「他和他的合夥人賴利先生相處得還不錯吧？」他再問。

莫利小姐用譏諷的口吻回答：「你哪能指望跟愛爾蘭人相處得多好！」

「你這麼說是什麼意思，莫利小姐？」

「唔，愛爾蘭人脾氣暴躁，做什麼事都愛吵架。賴利先生喜歡辯論政治。」

「就這些？」

「就這些。賴利先生不夠盡職，不過他專業能力優異，我弟弟是這麼講的。」

傑派一個勁地追問：「他怎樣不夠盡職？」

莫利小姐猶豫了一下，然後尖刻地回答：「他酒喝得太凶，不過，請別再深究了。」

「是不是在這個問題上，他和你弟弟之間有衝突？」

「亨利暗示過他一兩次。做牙科手術時，」莫利小姐用教訓人的口吻繼續說，「專業人員需要沉著鎮靜，酒氣薰天會使人缺乏信任感。」

傑派點頭表示同意。隨後又問：「能否告訴我們你弟弟的經濟狀況？」

「亨利收入頗豐，積蓄了一些錢。我們各自還有一小筆父親留下來的財產。」

傑派輕輕咳了一下，喃喃地說：「我想，你大概不清楚，你弟弟是否留下一份遺囑吧？」

「他寫了一份遺囑，我可以告訴你們其中的內容。他留給格拉蒂斯．芮薇爾一百英鎊，其他一切都會歸我。」

「原來如此。現在——」

有人拚命地敲門，接著露出了艾非德的臉孔。他骨碌碌轉動的眼睛，把兩名來訪者的一切盡收眼底，他高聲說：「是芮薇爾小姐，她回來了，而且有點不安。她想知道，她能否進來？」

傑派點點頭，於是莫利小姐說：「叫她到這兒來，艾非德。」

「沒問題。」

艾非德說完話便離開了。

莫利小姐嘆了口氣，一字一頓地說：「這小夥子真教人討厭。」

§

格拉蒂斯高高的個子，金髮白膚，有點缺乏生氣，年齡大約二十八歲。她顯然十分焦躁不安，但看起來就是個聰明能幹的女孩。

傑派以檢查莫利先生的文件為藉口，把她從莫利小姐身旁引開，來到診療室隔壁的小辦公室裡。

她一遍又一遍地重複著：「我簡直無法相信，莫利先生竟然會做出這樣的事，真的令人難以置信！」

她再三強調，他看起來沒有任何煩惱或憂慮。

於是傑派開始發問：「你今天讓人叫走了，芮薇爾小姐——」

格拉蒂斯打斷了他的話：「是的，而且實在是個過分的玩笑！做那種事的人真是惡劣。真是的。」

「你是什麼意思，芮薇爾小姐？」

「我姑媽根本沒生病，她身體好得很。當我突然出現在她眼前時，她還莫名其妙呢。當然我也很高興她沒事，不過這樣做實在把我氣瘋了。發那樣的電報攪亂了我所有的事情。」

「那封電報你還留著嗎，芮薇爾小姐？」

「我把它扔在車站了。電報上只說：『你姑媽昨晚中風。請立即前來。』」

「你很肯定，唔——」傑派拘謹地咳嗽一聲。「發電報的不是你的男朋友，卡特先生？」

「弗蘭克？為什麼？哦！我明白了，你的意思是——我們倆事先預謀？不，探長，我們不會做這種事。」

她的憤慨看來發自內心，傑派費了一番工夫才使她平靜下來。當他們詢問她今天早上的病人時，她又變得像往常一樣稱職。

「他們的名字都在這個本子裡，我敢說你們都已經看過。大部分的人我都認識。十點，索姆斯夫人來看她的假牙托；十點半，格蘭特夫人，她是一位老太太，住在朗德斯廣場；十一點，赫丘勒．白羅先生，他是定期檢查。哦，就是這位，抱歉，白羅先生，不過我心裡真的很慌亂！十一點半，阿利斯泰．布倫特先生。你知道他是個銀行家，因為他上次已經準備好補牙，這次只需要很短的時間。然後是森伯莉．西爾小姐，她是臨時打電話來的，因為牙疼，因此莫利先生把她排進來。她說起話來讓人頭痛，喋喋不休還特別挑剔。然後，十二點是安布若提斯先生，他是個新病號，從薩伏飯店打來預約的。莫利先生有許多病人是外國人和美國人。接著十二點半，是柯爾比小姐，她從沃辛來。」

白羅問：「我到的時候，這兒有一個高個子的軍官。那是誰？」

「我想，那是賴利先生的病人。我馬上給你他的病人名單，好嗎？」

「謝謝，芮薇爾小姐。」

她離開了幾分鐘，回來時拿著一本跟莫利先生相同的本子。

她唸了起來：「十點鐘，貝蒂・希思，那是個九歲小女孩。十一點，艾伯孔比上校。」

「艾伯孔比！」白羅喃喃說道，「就是那個人啊！」

「十一點半，霍華・雷斯先生。十二點，巴恩斯先生。」

「他今天早上就這些病人。當然囉，賴利先生不像莫利先生那樣，病人排得滿滿的。」

「你能否告訴我們賴利先生那些病人的情況？」

「艾伯孔比上校來這兒就診已經有很長的時間，而希思夫人所有的孩子都來找賴利先生看病。我沒辦法告訴你們雷斯先生和巴恩斯先生的情況，不過我之前聽過他們的名字。你知道，我負責接聽電話。」

傑派說：「我們可以自己問賴利先生。我希望能盡快見到他。」

芮薇爾小姐走出了屋子。傑派對白羅說：「除了安布若提斯以外，全是莫利先生的老病人。我打算立即約談安布若提斯先生。照目前情況來看，他是最後一個見到莫利活著的人，因此我們得確認，當他見到莫利時，莫利還在人世。」

白羅搖搖頭，緩緩地說：「你仍需要證明動機。」

「我明白，殺人的動機是個難題。不過我們局裡應該會有安布若提斯的相關資料。」他氣呼呼地說，「你太多慮了，白羅！」

「有件事我感到納悶。」

「什麼事？」

白羅淡淡一笑說：「為什麼是傑派探長？」

「呃？」

「我說，為什麼是傑派探長？像你這樣赫赫有名的警官，會被叫來處理自殺案件嗎？」

「事實上，我當時恰好就在附近，在威格莫大街拉文漢商店處理一件詐欺案件。他們打電話到那裡給我，要我到這裡來。」

「可是，他們幹嘛要打電話給你？」

「哦，那很簡單，因為阿利斯泰・布倫特的關係。那個地區的警官一聽說阿利斯泰曾在那兒，馬上就和警場取得聯繫。布倫特先生是政府要保護的對象。」

「你的意思是有人想要……幹掉他？」

「大有可能。首先是那些左傾份子，還有國內的法西斯主義者。當今政府之所以能維持良好健全的保守金融體系，是因為有布倫特和他的集團在背後支撐著。所以，如果今天上午有哪個可笑的傢伙要攻擊布倫特先生，即使可能性再小，他們也會進行徹底的調查。」

白羅點點頭。

「我多少猜得到。我有種感覺……」他意味深長地揮動雙手。「也許出了某種差錯，而真正的受害者本來應該是阿利斯泰．布倫特。或者說，這僅僅是個開始，某個戰役的開始？我聞到，我聞到，」他吸了一口氣，「這起事件牽涉到大筆金錢！」

傑派說：「要知道，你在做很大膽的推測。」

「我的意思是，可憐的莫利或許只是遊戲中的犧牲品。也許他知道什麼，也許他對布倫特說了些什麼，或者他們害怕他會告訴布倫特什麼……」

格拉蒂斯．芮薇爾走進屋子時，白羅打住了話頭。

「賴利先生正在做一個拔牙手術，」她說，「再過五分鐘就完畢，能等一下嗎？」

傑派說沒關係。現在，他說，他要和接待生艾非德再做一次談話。

§

艾非德既感到不安，又感到高興，同時又極度害怕他們會全部怪罪於他。他受雇於莫利先生才兩個星期，在這兩個星期中，他不斷地做錯事，沒有一件例外。他不停地受到指責，自信心大受損傷。

「也許，他比平時更暴躁，」艾非德對問題做出回答。「但我不記得還有其他狀況，我怎麼也想不到他會自殺。」

白羅打斷了他的話。他說：「你必須把你能想起的，關於今天上午的一切告訴我們。你是非常重要的證人，你的回憶對我們會有很大的幫助。」

艾非德滿臉通紅，胸部鼓了起來。他已經把今天上午發生的情況簡單地告訴了傑派，現在又被要求再說一遍，他因為意識到自己的重要性而雀躍不已。

「我可以全告訴你，」他說，「你就問吧。」

「首先，今天上午有沒有發生異常的事情？」

艾非德回憶了一下，然後很憂傷地回答說：「我說不出有什麼異常的事情，跟平時沒有兩樣。」

「有陌生人來過嗎？」

「沒有，先生。」

「即使陌生的病人也沒有？」

「我不知道你是指病人。如果你是這個意思，那麼沒有一個病人不是事先預約的，他們的姓名全在登記本上。」

傑派點點頭。白羅問：「有誰能從外面進來嗎？」

「沒有，他們不可能進來，得有鑰匙才行，明白嗎？」

「可是，要離開這屋子卻容易得很？」

「哦，是的，只要轉動門把，走出房門，把門拉上就行。我說過，他們多數人都是這麼做的。通常在我用電梯把下一個病人帶上來時，他們已自己走下樓梯。明白嗎？」

「明白了。現在你跟我們說說，誰第一個來，隨後又是哪些人。如果你記不起他們的名字，就描繪他們的模樣。」

艾非德回想了一分鐘，然後說：「一位女士帶著一個小女孩，那是賴利先生的病人。還有一個索普小姐或是差不多這種名字的，是莫利先生的病人。」

白羅說：「很好，繼續說。」

「隨後是個年齡較大的夫人。是個有錢人，坐著高級汽車來的。她出去的時候，進來了一名高個子的軍官；就在他之後，你到了。」他對白羅點了下頭。

「沒錯。」

「接著那位美國紳士來了——」

傑派急促地問：「美國人？」

「是的，先生。一位年輕人，他一定是美國人，聽口音就能判斷得出來。他提早到了，他預約的時間是十一點半，而且他也沒有等到最後。」

傑派警敏地問道：「怎麼回事？」

「人走了。賴利先生的信號鈴在十一點半響起——或者再晚一些，事實上，也許是十一點四十分吧，我進來叫他，他已經不在了。一定是害怕看牙而溜掉了。」他做出十分在行的樣子又補充一句：「這種事常有的。」

白羅問：「那麼他一定是緊隨著我離開的？」

「沒錯，先生。十一點半，我把坐勞斯萊斯來的名人布倫特先生帶上樓後，你就走了。唔，那輛車真漂亮。隨後我下了樓，開門讓你出去，又進來了一位夫人。什麼貝里·西爾小姐，或是差不多這樣的名字。然後我……唔，事實上我飛快地下樓去廚房拿我的茶點，而當我到廚房時，信號鈴響了，是賴利先生的信號鈴，於是我就上了樓，像我剛才說的，那個美國人已經溜了。我去告訴賴利先生，他像往常一樣罵了我幾句。」

白羅說：「請繼續說。」

「讓我想想，後來發生了什麼事情。哦，是的，莫利先生的信號鈴響了，輪到了那位西爾小姐，當我用電梯把她帶上樓時，那位名人下樓出了屋子。然後我又下了樓，來了兩位紳士——一個是小個子，說起話來尖聲尖氣，惹人發笑，我忘了他的名字，他是來找賴利先生的。另一個胖胖的外國紳士是找莫利先生的。

「西爾小姐的牙治了沒多久，不超過十五分鐘。我帶她走後，把外國紳士帶上了樓。另外那位紳士一到，我便立即把他領進賴利先生的房間了。」

傑派問：「你沒看到那位外國紳士安布若提斯離去嗎？」

「沒有，先生，我沒看到，他一定是自己離開的。後面那兩位紳士離開時也沒看到。」

「十二點後你在哪裡？」

「我一直坐在電梯裡，先生，等著前門門鈴或是信號鈴響起。」

白羅問：「或許你當時在閱讀什麼吧？」

艾非德的臉又刷地一下變紅了。

「看點書沒什麼不對吧，先生？我沒有別的事可做嘛。」

「的確是這樣。你在看什麼？」

「《十一點四十五分的命案》，先生。這是一本美國偵探小說，非常好看，真的！是寫槍手的。」

白羅淺淺一笑。他說：「從你在的地方能聽到前門關上的聲音嗎？」

「你是說有人走出去的話？我想我聽不到，先生。我的意思是，我注意不到！你知道，電梯在大廳後面，離轉角不遠，而且門鈴就在後面，信號鈴也是，要是響起來，你想不聽都不可能。」

白羅點點頭，傑派又問：「後來又發生了什麼事？」

艾非德皺起眉頭，拚命回憶著。

「只有最後那位舍蒂小姐了。我等著莫利先生按響信號鈴，可是沒有任何動靜。一點鐘時，那位女士仍然等著，因此她變得非常暴躁。」

「在這之前，你有沒有想到要上樓去，瞧瞧莫利先生是否做好準備了？」

艾非德十分明確地搖搖頭。

「我沒有想過，先生。我壓根兒不會有這樣的念頭。因為我一直認為最後那位紳士還在樓上，我得等待信號鈴的通知。當然囉，要是我事先知道莫利先生自殺在——」

艾非德搖搖頭，露出毛骨悚然的神情。

白羅問道：「信號鈴通常是在病人下樓前就響起，還是病人下樓後才響的？」

「這要看情況而定。一般情況下，要等病人走下樓後，信號鈴才會響。要是病人按鈴要電梯，那麼當我在帶他們下樓期間，信號鈴便會響了。但是，不管怎麼說，這不是一成不變的。有時候，莫利先生會過個幾分鐘才按鈴叫下一個病人；但如果他匆忙，他的前一個病人剛走出屋子，他就立即按鈴叫下一個。」

「原來如此——」白羅停了一下，隨後繼續問：「艾非德，你對莫利先生的自殺感到吃驚嗎？」

「簡直吃驚得要命。依我看來，他沒有任何理由要走這條路——噢！」艾非德把雙眼瞪得滾圓：「哦……呃，他不是被謀殺的，對吧？」

傑派還沒開腔，白羅就插嘴問：「倘若他是給人謀殺的，你就不那麼吃驚了？」

「唔，我說不上來，先生。我不明白誰會想謀殺莫利先生。他，唔，他是個循規蹈矩的紳士，先生。他真是給人謀殺的嗎？」

白羅嚴肅地回答：「我們得考慮各種可能性。這就是為什麼我跟你說，你是個十分重要的證人，你必須設法回憶起今天上午發生的一切情況。」

白羅說話時強調了他說的每一個字，艾非德皺著眉頭，使勁回憶著。

「我想不起別的事了，先生。我真的想不起來了。」艾非德露出沮喪的語調。

「很好了，艾非德。你很肯定今天早上除了病人，就沒有人進過這屋子嗎？」

「沒有陌生人進過屋子，先生。芮薇爾小姐的那個男朋友倒是來過，發現她不在，難受得要命。」

傑派厲聲問道：「那是在什麼時候？」

「十二點剛過一會兒。當我告訴他芮薇爾小姐請了一天假時，他顯得心煩意亂，並且說他要見莫利先生。我跟他說莫利先生到午餐前都抽不出空，但他回答說沒關係，他會等。」

白羅問：「他等了嗎？」

艾非德的雙眼露出驚訝。他說：「對，我從來沒有想到！他走進候診室，可是後來便不見人影。他一定是等得不耐煩了，想另找時間再過來。」

§

艾非德離開後，傑派提高嗓門問：「你認為對那個小夥子暗示這是一件凶殺案，是明智的嗎？」

白羅聳了聳肩。

「是的，我認為是。在興奮狀態中，他將回憶起當時看過或聽過的事物，而且會對這裡發生的一切保持高度警覺。」

「不管怎麼說，我們不希望這件事過早張揚開。」

「我親愛的，不會的。艾非德常看偵探小說，他醉心於犯罪事件。不論他說了什麼，人家都會認為那只是出於他對犯罪情節的病態想像。」

「唔，也許你說得沒錯，白羅。現在，我們得聽聽賴利怎麼說。」

賴利先生的診療室和辦公室都在一樓，面積和樓上一樣寬敞，只是光線暗些，布置也沒那麼富麗堂皇。

莫利先生這位合夥人是個高個子、黑皮膚的年輕人，頭髮長得像一堆羽毛，凌亂地散落在前額上。他的嗓音迷人，目光敏銳。

「我們希望，賴利先生，」傑派自我介紹之後說，「你能就這件事情提供一些線索。」

「你們找錯人了，因為我無法提供，」賴利先生回答，「我要說一句話，那就是：亨利．莫利先生是絕不會自殺的。我也許會做這種事，然而他不會。」

「為什麼你也許會做這種事？」白羅問。

「因為我有一大堆煩惱，」對方回答，「譬如說，缺錢的煩惱！我老是無法收支平衡。但是莫利先生為人小心謹慎，他沒有任何債務，也不缺錢花用，我確信這一點。」

「男女之情呢？」

「你是說莫利嗎？他毫無生活樂趣可言！他完全在他姐姐的控制之下，可憐得很。」

傑派接下去詢問賴利今天上午病人的情況。

「哦，我相信他們都是奉公守法、光明正大的人。小貝蒂．希思，是個可愛的孩子，他們全家都是我看的牙。艾伯孔比上校也是老病人。」

「霍華．雷斯怎麼樣？」傑派問道。

賴利咧嘴而笑。「是為表示抗議而離去的那一位嗎？他過去從未在我這兒看過病，我對他一無所知。他打電話來，特地要求今天上午就診。」

「他從哪兒打來的電話？」

「霍爾本王宮飯店。我猜，他是美國人。」

「艾非德也這麼說。」

「艾非德應當知道，」賴利說，「我們的艾非德，他是個電影迷。」

「你的另一位病人呢？」

「巴恩斯嗎？一個逗人發笑的小個子，不過做事一板一眼。他是一名退休公務員，住在伊靈路。」

停了一下，傑派又問：「你能講一下芮薇爾小姐的情況嗎？」

賴利先生揚起雙眉。

「那個漂亮的金髮女祕書嗎？什麼事情也沒有，老兄。我深信她和老莫利之間是完全清白的。」

「我又沒說他們有什麼關係。」傑派說道，臉色微微泛紅。

「那就是我的錯覺了，」賴利說道，「請原諒我的邪惡念頭，好嗎？我還以為你已cherchez la femme[1]呢。對不起，我說起你們的語言來了，」他又對白羅說了一句，「口音十分純正，不是嗎？這是修女們調教的結果。」

傑派對賴利的輕浮露出不滿。他又問：「你了解跟芮薇爾小姐訂婚的那位年輕人嗎？我知道他的名字叫弗蘭克．卡特。」

「莫利對他印象不佳，」賴利說，「他曾勸芮薇爾拒絕那個小夥子。」

「這也許使卡特感到頗為惱火吧？」

「應該說大為光火。」賴利先生由衷地表示同意。

他停頓了一下，然後又加了一句：「請原諒，你們在調查的是一起自殺案，而不是謀殺案，對吧？」

傑派提高嗓門說：「倘若這是一起謀殺案，你有什麼可以提供的？」

「凶手不是我！我倒希望是喬治娜！她是那種成天只想著如何節欲的討厭女性。不過恐怕喬治娜是充滿了道德的正直。當然，我是可以輕而易舉地竄到樓上，親手斃了那老小子，可是我沒有這樣做。事實上，我無法想像有誰想殺害莫利，但我也無法想像他會自殺。」

他又補充，語調變得全然不同：「事實上我對這件事感到十分難過，你們最好不要拿我的態度做判斷。要知道，那是激動不安的緣故。我喜歡莫利，我會懷念他的。」

§

傑派放下話筒。當他轉過身面向白羅時，臉色十分嚴峻。

1 法語，意思是「鎖定女人」。

他說：「安布若提斯先生不太舒服，今天下午不想見任何人。但他得見我，他別想擺脫我！我在薩伏飯店安排了一個人，要是他打算溜之大吉，就對他進行跟蹤。」

白羅考慮了一下說：「你認為是安布若提斯殺了莫利？」

「我不知道。不過他是最後一個見到莫利活著的人，而且是個新病人。據『他』所說，他十二點二十五分離開莫利，那時莫利先生還好好的。這可能是真話，也可能是假話。要是莫利當時安然無恙，我們就得重新設想隨後發生的事情。在他接待下一個病人之前還有五分鐘，在那五分鐘裡，是否有人進房看見了他？譬如說，卡特？或是賴利？發生了什麼事情？據推測，在十二點半，或最遲到十二點三十五分，莫利就死了。要不然，他會按響信號鈴或是傳話到樓下給柯爾比小姐，說他不能接待她。不，要不是他被殺死，就是有人跟他說了些什麼，打壞了他的情緒，於是他便走上絕路。」

他停頓了一下。

「我要和他上午接待的每個病人都談一下。有可能他跟他們其中某個人說了些什麼，這些話會把我們引上正確的軌道。」

他看了一眼手錶。

「阿利斯泰・布倫特先生說，可以在四點十五分給我幾分鐘時間。我們先到他那裡。他住在切爾西河堤旁。然後我們可以在去找安布若提斯前，順路見見那個叫森伯莉・西爾的女人。我希望在對付那位希臘朋友之前，掌握我們能了解到的一切。之後，我想和那位美國佬聊聊，就是你說『看起來像凶手』的那位。」

赫丘勒．白羅搖搖頭。

「不是凶手，是牙痛的病人。」

「不管怎麼說，我們都要去見見這個雷斯先生，至少，他的舉止十分可疑。我們還會查核芮薇爾小姐的電報，了解一下她姑媽和她的那個男朋友。事實上，我們得了解每一件事和每一個人。」

§

阿利斯泰．布倫特從未在公眾場合大出過鋒頭。這可能是因為他本人十分謙遜，而且即將退休的緣故；也可能是因為多年以來，他的影響力就像個女王的丈夫，而不是國王。

麗貝卡．桑斯瓦托，娘家姓安霍特，四十五歲，來倫敦時是一個萬念俱灰的女人。她的雙親均出身於擁有萬貫家財的王族，母親是歐洲羅瑟斯坦家族的繼承人，父親是美洲銀行巨擘安霍特家族的大家長。麗貝卡．安霍特的兩個親兄弟和一個堂兄弟，在一次空難中身亡，因此她成了巨大財富的唯一繼承人。她和歐洲一個名門望族菲利普．德．桑斯瓦托結了婚。

她和這個受過良好教育但臭名遠播的浪蕩子，一起過了兩年備受磨難的生活，三年之後離婚，並取得孩子的監護權。又過了幾年，孩子夭折了。

麗貝卡．安霍特受盡痛苦的折磨後，義無反顧地投身到金融業，她的血液中流著從事這個行業的聰明才智。她與父親聯手闖蕩銀行界。

父親去世後，麗貝卡．安霍特依然擁有大批財產，在金融界是有權勢的人物。她來到倫敦，倫敦銀行的一個年輕合夥人，帶著各種文件被派到克拉里奇大飯店見她。六個月之後，人們便聽說麗貝卡．桑斯瓦托要和阿利斯泰．布倫特結婚，這個男人幾乎比她小二十歲，這個消息使全世界震驚不已。

人們像往常一樣對此加以嘲弄並付之一笑。麗貝卡的朋友們說，在和男人打交道時，麗貝卡完全是個無可救藥的大傻瓜！先是桑斯瓦托，如今是這位年輕人。當然，他是覬覦她的錢財才和她結婚的，她又將陷入第二場災難。然而，使大家驚訝的是，這次婚姻非常成功，那些預言阿利斯泰．布倫特會把麗貝卡的錢用在其他女人身上的人錯了。他始終乖乖守著妻子，甚至在十年後妻子去世時，作為她百萬財產的繼承人，他本可盡情作樂一番，然而他並沒有再婚。他過著原先那種恬靜而簡樸的生活。他理財的天賦絕不比他的妻子遜色，對生意的判斷和處理完美無缺，他的正直誠懇無庸置疑。他全憑個人的才能，保護著安霍特和羅瑟斯坦家族的利益。

他很少在公眾場合露面，他在肯特郡有一幢房子，在諾福克郡也有房子，週末就在那裡度過——不是和沉溺酒色的烏合之眾，而是和幾個安謐悠閒、傳統守舊的朋友在一起。他喜歡打高爾夫球，球技還過得去。他對自己的花園情有獨鍾。

探長傑派和赫丘勒．白羅此刻便坐在一輛老舊的計程車裡，一路顛簸著前去拜會這號人物。

這幢哥德式的建築物，在切爾西河堤旁是著名的一景。屋內陳設豪華昂貴，但又十分簡單，整個布置並不時髦，然而十分舒適。

阿利斯泰．布倫特沒有讓他們久等，他幾乎立即就迎上前來。

「是傑派探長嗎？」

傑派走上前去，又介紹了赫丘勒．白羅。布倫特饒有興味地望著白羅。

「當然囉，白羅先生，我聽過您的名字。而且是在某處，就是最近……」他停頓下來，皺起眉頭。

白羅說：「是今天上午，先生，在莫利先生的候診室裡。」

阿利斯泰的雙眉舒展開來，他說：「的確是這樣。我記得我在什麼地方見過你了。」他向傑派轉過身去：「我能為你效勞嗎？聽到可憐的莫利發生這種事，我感到很遺憾。」

「你感到吃驚嗎，布倫特先生？」

「非常吃驚。當然囉，我對他了解甚少，不過，我認為他是最不可能自殺的人。」

「那麼，今天早上他顯得身體健康、精神飽滿吧？」

「我認為是這樣——沒錯。」阿利斯泰停頓了一下，然後帶著像是孩子般的笑容說，「對你說真心話，要去牙科醫生那兒，我總是十分膽怯。我實在討厭他們把那種可怕的鑽錐往你嘴裡塞，那就是我對周圍事物注意不多的原因，而且一直到診療結束為止都不敢分心；一看完牙我就馬上離開了。不過我得說，那時候莫利看上去完全正常，心情愉快，工作繁忙。」

「你常到他那兒看牙嗎？」

「我想，我這是第三次或第四次去。去年以前，我的牙齒一直沒有大的毛病，我想，是身體漸漸弱了。」

赫丘勒．白羅問：「當初是誰把你介紹給莫利先生的？」

布倫特皺起雙眉以集中注意力。

「讓我想一想。我當時感到牙疼，有人告訴我去找夏洛特皇后大街的莫利——沒辦法，我實在記不起是誰告訴我的了。抱歉。」

白羅說：「要是你想起來的話，也許能告訴我們誰一聲？」

阿利斯泰．布倫特好奇地望著他。他說：「當然我會的。不過為什麼？這很重要嗎？」

「我覺得，」白羅說，「這也許事關重大。」

他們走下屋子的階梯時，突然有一輛轎車在屋前停下。這是一輛跑車，要從這種車上脫身，你得從方向盤下爬出來才行。

那個正在下車的年輕女子這時只露出膀子和腿。當她最後從跑車上脫身時，兩位男子已走到街上。

年輕女子站在人行道上看著他們倆。隨後，她突然勁頭十足地大喊：「喂！」

那兩位男子沒有意識到這叫聲是衝著他們而來，因此誰也沒有回頭，因此她又再叫：「喂！喂！那邊的兩位！」

他們停下腳步，帶著詢問的目光轉過身來。她朝他們走去。她的膀子和腿依然給人當初的印象。她的個子又高又瘦，臉部並不十分漂亮，但那聰穎伶俐、生氣勃勃的神情彌補了所有的不足。她的皮膚被太陽曬得黑黝黝的。

她對白羅說：「我知道你是誰，你就是那位偵探，是赫丘勒．白羅！」

她的聲音既柔和又深沉，略帶點美國腔。

白羅說：「有機會的話，願為您效勞，小姐。」

她的目光又轉到白羅的夥伴身上。

白羅說：「這是傑派探長。」

她那雙眼睛睜得老大，彷彿充滿了驚恐。她有點上氣不接下氣地說：「你們在這兒幹什麼？阿利斯泰姨公沒事吧？」

白羅飛快地回答：「你怎會這樣想，小姐？」

「沒什麼事嗎？那就好。」

傑派接過白羅的問題。

「你怎會認為布倫特先生出了什麼事情？小姐名叫——」

他帶著詢問的口氣停了下來。

那小姐木然地回答：「我叫奧利弗拉。珍．奧利弗拉，」接著她輕輕一笑，那笑聲十分微弱。「屋子門口的台階上站著偵探，表示閣樓上藏著炸彈，不是嗎？」

「我很欣慰地說，布倫特先生什麼事也沒有，奧利弗拉小姐。」

她直愣愣地望著白羅。

「他請你們來談什麼事情嗎？」

傑派回答說：「是我們來拜訪他，奧利弗拉小姐，看看他能否就今天上午發生的一起自殺案提供線索。」

那女孩高聲問：「自殺？誰？哪裡？」

「一位牙科醫生，是莫利先生，在夏洛特皇后大街五十八號。」

「哦，」珍．奧利弗拉惶惑地應了一聲，「哦！」她皺起眉頭，凝望著前方。接著，她突如其來地說：「哦，不過那沒道理！」

她鞋跟一轉，招呼都不打一下，便匆匆離去，蹬蹬蹬地跑上這座哥德式建築的台階，用鑰匙開門進了屋子。

「嗯！」傑派凝望著她的背影說，「古怪的女孩。」

「很有意思。」白羅淡淡地說。

傑派打起精神，看了一眼手錶，便去招了一輛迎面駛來的計程車。

「我們去薩伏飯店的途中，還有時間去見那位森伯莉・西爾。」

§

森伯莉・西爾小姐正在格倫戈里飯店昏暗的休息室裡喝著茶。兩位便衣偵探的出現使她心慌意亂。不過白羅覺察到，她的激動不安是高興的表現。白羅不無遺憾地發現，她鞋上的裝飾鞋釦至今還未縫上。

「真的，警官，」森伯莉・西爾小姐笛般的聲音說著，一面環顧四周。「我真不知道我們上哪兒才能不受干擾。很困難，恰好在喝茶時間。不過你願意喝點茶吧？還有，還有你的朋友——」

「我不喝，小姐。」傑派說道，「這位是赫丘勒．白羅先生。」

「真的？」森伯莉．西爾小姐說，「那麼，也許……你確定——你們誰也不喝茶？這樣呀。唔，我們也許可以去休息室看看，不過那兒經常座無虛席。哦，我看，那兒有個角落，在凹壁內，那些人正要離開。我們去那兒好嗎？」

她領著他們朝一個比較安靜的角落走去，那兒擺著一張沙發和兩把椅子。白羅和傑派跟在她身後，前者在地上撿起了森伯莉．西爾小姐在途中掉落的披巾和手絹。

他把兩件東西歸還給那位小姐。

「哦，謝謝，我真粗心大意。現在，請說吧，警官——不，是探長，對不對？你想問什麼就問吧。這件事真使人難過。可憐的人，我想他有什麼心事吧？多令人煩惱的時代！」

「在你看來他顯得煩惱嗎，森伯莉．西爾小姐？」

「嗯……」森伯莉．西爾小姐回想著，最後很不情願地說：「要知道，我確實無法說他露出煩惱的模樣！不過，也許是我沒覺察到——在那種狀況下哪察覺得到？要知道，我的膽子很小。」森伯莉．西爾小姐吃吃地笑了一下，拍拍她那鳥窩狀的髮髻。

「你能否告訴我們，你在候診室等待時，那裡還有誰？」

「讓我想一下。我進去時，裡面只有一個年輕人。我想他一定牙很疼，因為他一直喃喃自語，而且臉上滿是怒氣，還胡亂翻閱著雜誌。隨後，他突然跳起身來走了出去。他的牙一定疼得不輕。」

「你知不知道他走出房間後，是否離開了診所？」

「我哪知道。依我之見，他是覺得無法再等待，必須立即見到大夫。不過，他要去見的不可能是莫利先生，因為僅僅幾分鐘之後，接待生便進來，領我上樓去。」

「在你出診療室後，是否又回去候診室？」

「沒有，因為我在莫利先生的診療室裡已戴上帽子，整理好頭髮。」森伯莉·西爾小姐對她的話題興味頗濃，又繼續往下說，「有些人，在樓下候診室裡就拿下帽子，我可從來不這麼做。我有一個朋友在樓下脫了帽子，結果發生了使人傷心萬分的事，她把新帽子小心翼翼地放在椅子上，可是等她下樓時，你能相信嗎，一個小孩子就坐在她的帽子上，把它壓扁了。毀了！徹底毀了！」

「的確是一場災難。」白羅彬彬有禮地回應。

「這完全要怪他的母親，」森伯莉·西爾小姐說起話來就像個法官。「做母親的應當管好她們的孩子。那些可愛的小傢伙並沒有惡意，但是他們得有人看管才行。」

傑派問：「那麼，這個牙痛的年輕人，是在夏洛特皇后大街五十八號內，你唯一注意到的病人囉？」

「我上樓時，有一位紳士走下樓梯，出了大門。哦！我還記得，我剛到那兒時，有一位長相怪異的外國人離開了診所。」

傑派咳嗽了一下。白羅不失尊嚴地接腔：「那就是我，小姐。」

「哦，哎呀！」森伯莉．西爾小姐仔細地盯著白羅。「一點也沒錯！請原諒我……近視得太厲害啦，而且這兒又很暗，不是嗎？」她說話變得結結巴巴，前言不搭後語。「的確，要知道，平日我對別人的臉是過目不忘的，我還為此感到自豪呢。可是這兒的光線好弱，對不對？請原諒我這不禮貌的錯誤！」

他們倆對小姐安慰一番，使她平靜下來，隨後傑派問：「你很肯定莫利先生沒有說過這樣的話，譬如，今天早上他有個棘手的約會？有任何這類言辭嗎？」

「沒有，我確信他沒有說過。」

「他有沒有提到一個名叫安布若提斯的病人？」

「沒有，沒有。他確實什麼也沒說，除了——我的意思是，除了治療時該說的話。」

白羅的腦海裡飛快地閃過一串話：「漱口。請把嘴張大一些。現在輕輕闔上。」

傑派說，在審理案件時可能會請森伯莉．西爾小姐出庭做證。

森伯莉．西爾小姐最初驚愕地尖叫一下，但隨後她似乎接受了。傑派試著問幾個問題，於是她吐露了自己的身世。

她六個月前從印度來到英國。她在好些旅館和寄宿公寓住過，最後到了格倫戈里飯店。

她很喜歡這家飯店，因為這兒讓你感到像在家裡一樣。在印度時，她主要住在加爾各答，從事傳教工作，也教發音。

「說一口純正、發音清晰的英語是很重要的。探長，你知道嗎，」森伯莉．西爾小姐發出傻笑，還高傲地昂起頭來。「我還是小女孩的時候就上台表演。哦！不過只是在鄉下小地方。可是我雄心勃勃，想進軍劇院，於是我就周遊世界觀賞莎士比亞、蕭伯納的戲劇。」她嘆了口氣。「我們這些女人的毛病就出在感情上，受感情支配，一時衝動倉卒成婚。哎呀！我們幾乎立即就分手，我發覺受騙上當了。後來我又恢復未婚時的姓。一個朋友好意提供我一小筆資金，開辦語言學校，我還幫忙成立了一個出色的業餘劇團。我得給你看一些我們的宣傳單。」

傑派探長深知這樣下去會一發不可收拾！他趕快結束談話。森伯莉．西爾小姐的最後一段話是：「而且，要是我的姓名碰巧出現在報刊上，我的意思是，因為做證人而被報導，你們要確信我的名字沒拼錯。梅布爾．森伯莉．西爾——梅布爾的拼法是M－A－B－E－L－L－E，西爾是S－E－A－L－E。當然囉，要是他們要報導我在牛津劇場演出的《皆大歡喜》——」

「當然囉，當然囉。」

傑派探長忙不迭地溜走了。

他坐在計程車上嘆了口氣，一面擦拭自己的前額。

「如果有必要的話，我們可以對她所說的話進行查證。」他說道，「除非她說的全是謊話——不過我不認為她說謊。」

白羅搖搖頭。

「說謊話的人，」他說，「不會說得那麼詳細瑣碎的。」

傑派繼續往下說：「我本來怕她在審訊時會畏畏縮縮，多數中年單身女子都是這樣，不過她當過演員，因此不怕拋頭露面。對她來說，出庭作證有點像站在舞台的聚光燈下！」

白羅說：「你真的想讓她出庭作證？」

「也許不會。看情況再說吧。」他停頓了一下，然後又說，「我比任何時候都確信，白羅，這不是自殺。」

「那麼動機呢？」

「現在無法解答。假設，莫利曾勾引過安布若提斯的女兒？」

白羅默不作聲。他努力想像莫利先生勾引一個目光充滿誘惑的希臘少女的畫面，可是很不幸，他失敗了。

他提醒傑派，賴利先生曾說過，他的同事毫無生活樂趣可言。

傑派態度曖昧地說：「哦，唔，你永遠也不能預測航行時會發生什麼情況！」接著他又洋洋自得地加了一句：「等我們和那個傢伙談過話後，就可以更加確定我們的方向。」

他們付了車錢便走進薩伏飯店。

傑派要見安布若提斯先生。

那飯店接待員表情古怪地望著他們，回答說：「安布若提斯先生？我很抱歉，先生，恐怕你們無法見到他了。」

「哦，可以的，我們可以見到他，小夥子。」傑派陰鬱地說。

他把這個小夥子扯到一邊，給他看自己的證件。

接待員說：「你不明白，先生，安布若提斯先生半小時前死了。」

對赫丘勒·白羅來說，有一道門輕輕卻結結實實地關上了。

03 五，六，撿樹枝

二十四小時後，傑派打電話給白羅，他的聲調充滿苦澀。

「徹底失敗！整個事情！」

「你是什麼意思，我的朋友？」

「莫利確實是自殺的。我們發現了動機。」

「什麼動機？」

「我剛拿到醫生寫的安布若提斯死亡報告。我不用術語，用普通英語講。他由於注射過量的腎上腺素和諾凡肯[2]而致死。據說是藥物對心臟產生影響，因此回天乏術。昨天下午那倒楣鬼說他感到很不舒服，他講的倒是真話。唔，情況就是如此！腎上腺素和諾凡肯是牙醫注射在你牙床內的玩意兒，是種局部麻醉劑。莫利出了差錯，藥劑注射過量，於是，當安布若提斯離開後，他意識到自己做錯事，無法承擔後果，便開槍自殺了。」

「用一把平白冒出來的槍？」白羅問。

「他也許一直放著這把槍，親人也不會什麼都知道嘛。有時候你也會很驚訝他們竟不知道某些事情。」

「那倒是真的，沒錯。」

傑派說：「唔，情況就是這樣。這完全是合乎邏輯的解釋。」

白羅說：「朋友，我對這種解釋不太滿意。確實，有些病人對局部麻醉劑有特異反應。腎上腺素會導致過敏是眾所周知的，再加上諾凡肯，很少的劑量就會造成中毒。可是使用藥物的外科醫生和牙科醫生，總不會為此緊張得自殺！」

「是的，不過你講的是使用一般用量的麻醉劑。在那種情況下，外科醫生並不負有特別的責任，這是由於病人體質過敏而引起死亡。然而在這起案子中，有一點十分清楚，那就是藥劑注射明顯過量。他們還沒有得出確切的劑量，定量分析似乎要很長的時間，但是必定超過一般用量。那就意味著莫利一定是出了差錯。」

2　諾凡肯（Novocain），一種局部麻醉藥的品名。

「即使如此，」白羅說，「也還是個失誤，不是犯罪行為。」

「對，但是這不會為他帶來好處，事實上，這會把他完全毀了。一個醫生因為心不在焉而把致命的毒藥注射進你的身體，誰也不會去找這樣的醫生看病。」

「我承認，這件事很奇特。」

「這些事情是常有的，它們發生在醫生身上、發生在藥劑師身上……多年來一直小心翼翼，做事牢靠，但一時的疏忽造成禍害，一些可憐蟲成了冤死鬼——莫利是個敏感的人，如果被告是個外科醫生，通常有藥劑師或配藥師來承擔過錯或是共同承擔責任。在這個案例中，只有莫利獨自對此負責。」

白羅對此表示異議。

「他沒有在生前留下某種訊息嗎？譬如說，他做了什麼事、他為何無法承擔後果等等？哪怕是對她姐姐說的隻字片語？」

「依我看，沒有，他突然意識到出了差錯，就昏了頭，採取了最迅速的解決方法。」

白羅沒有回答。

傑派說：「我了解你，老傢伙。你一旦潛心調查謀殺案，就會認定它是個謀殺案！我承認，這次我要為拖你下水負責。唔，我犯了個錯誤。我坦白承認。」

白羅說：「我還在想，可能有另一種解釋。」

「我敢說，有許多種別的解釋。我已經考慮過了，可是那些解釋太離譜。譬如說，安布若提斯打死了莫利，回到家裡，後悔莫及，便拿出從莫利的診療室裡偷來的藥品自殺。倘若你認為有這種可能，那麼我認為這最不可能。我們在警場弄到一份安布若提斯的生平資料，相當有趣。他起先是希臘一個小旅館的經理，後來投身政治，在德國和法國從事間諜工作，攢了一小筆錢，不過他並沒有因此而迅速致富，有人認為他幹了一兩筆敲詐勒索的勾當。我們的安布若提斯，不是個好人。去年他去了印度，有人相信他向某個土王狠狠敲了一筆，但要提出對他不利的證據卻一直十分困難，他滑溜得像條泥鰍。還有一種可能，他也許為某事一直在敲詐莫利，莫利得到了一個千載難逢的良機，把過量的腎上腺素和諾凡肯注射進他的體內，巴望這會被裁定為不幸的意外事故——腎上腺素過敏，或諸如此類的結果。然後，當那傢伙走後，莫利感到後悔，便了結了自己。當然，那是可能的，可是不知什麼緣故，我無法把莫利看作一名故意殺人犯。不，我確信，情況就像我起初說的那樣，是純粹的失誤，在工作過於繁忙的上午。我們不得不到此結束，白羅。我已經和上面談過這件事，他們對此確信無疑。」

「原來如此，」白羅嘆口氣說道，「原來如此……」

傑派好心地說：「我理解你的感覺，老傢伙。但你不可能每次都遇上鮮血淋漓的凶殺案！再見了。我要用來表示歉意的是一句老話：很抱歉打擾了你！」

他掛上了電話。

§

赫丘勒．白羅坐在他那張漂亮而時髦的寫字檯前。他喜歡時髦的家具，那寫字檯有稜有角，堅實可靠，對他來說，這比老式家具的弧形輪廓更對他口味。

他的對面擺著一張正方形的紙，上面是書寫整齊的標題和評注，有的旁邊打著問號。

第一條是：

安布若提斯。間諜。來英國為此目的嗎？去年在印度。在暴亂和動盪時期，可能是激進份子。

一塊空白，接著是下一個標題：

弗蘭克．卡特？莫利對他很不滿意。近日被解雇。為什麼？

下一個名字旁只有一個問號：

霍華．雷斯？

再下面是一個打引號的句子：

「不過那沒道理！」？？？

赫丘勒・白羅深感不解地歪著頭。窗外，一隻鳥正在樹枝上築巢。赫丘勒・白羅坐在那兒，蛋形的頭顱側向一邊，看上去就像一隻鳥。

他往下又添了一條：

巴恩斯？

他停頓片刻，然後又寫：

莫利的辦公室？地毯上的痕跡。可能因素？

最後一條他想了許久。

隨後，他站起身來，叫人拿來帽子和手杖，就出門了。

§

四十五分鐘後，赫丘勒・白羅走出位於伊靈百老匯大街的地鐵車站，又過了十分鐘，來到他的目的地——城堡花園路八十八號。

這是一幢小型的半獨立式房屋，房前的花園收拾得十分整潔，赫丘勒・白羅不斷點頭表示讚賞。

「整齊勻稱，令人讚嘆。」他喃喃自語道。

巴恩斯先生正好在家，白羅被引入一間精巧的小飯廳，一會兒，巴恩斯先生便向他走來。

巴恩斯先生小個子，頭部幾乎已呈禿頂，只是一對眼睛熠熠閃光。他從眼鏡上方久久地盯著來客，而他的左手則捻弄著白羅剛才遞給女僕的那張名片。

他用細小、拘謹且幾乎是假聲的嗓音說：「哦，哦，白羅先生嗎？我真的感到榮幸。」

「你得原諒我這樣唐突地來拜訪你。」白羅審慎地回答。

「沒關係，」巴恩斯說，「而且這時間好極了。六點差一刻，每年這個時候的這個時間，最容易碰到要找的人在家。」他揮揮手。「請坐，白羅先生。我毫不懷疑我們會有許多話要談。我想，是夏洛特皇后大街五十八號的事吧？」

白羅笑道：「你猜得沒錯，不過為什麼你猜得到呢？」

「我親愛的先生，」巴恩斯先生說，「雖然我從內政部退休已有一段時間，可是我還沒衰老到遲鈍的狀況。如果有什麼機密事件，還是不要動用警察較好，才能更專注地調查。」

白羅說：「我再問個問題，為什麼你說這是件機密事件？」

「這不是機密事件嗎？」巴恩斯反問道，「唔，倘若不是，依我之見，它也該是的。」

他身子前傾，用他的夾鼻眼鏡輕輕敲著椅子的把手。「從事地下工作時，你的目標絕不是那些無足輕重的小人物，而是高居首位的大老。可是要獵取大老，你得十分小心謹慎，千萬別驚動那些小人物。」

「看來，巴恩斯先生，你了解的情況要比我多。」赫丘勒·白羅說。

「我什麼也不知道，」對方回答說，「只是根據現有的事實進行推斷罷了。」

「是那兩個人中的一個？」

「安布若提斯，」巴恩斯先生迅速答道，「你忘了，在候診室時，我在他對面坐了一兩分鐘。他不認識我，我是個微不足道的人——這有時候倒也不是件壞事。可是我對他了解得很清楚，而且我能猜出他去那裡的意圖。」

「什麼意圖？」

「在這個國家裡，我們這種人是不受歡迎的。我們太保守，保守到骨子裡去了。我們常發牢騷，但是我們並不想摧毀我們的民主政府，也不想試試最近流行的實驗。這就是令那些無恥而忙碌的外國鼓動家頭痛的地方！整個問題就是——從他們的觀點來看——我們這個國家，確實具有相當的應變能力。目前在歐洲幾乎沒有另一個國家具有這種力量！要攪亂英國、要顛覆它，得攪亂它的金融，那就是問題的核心！但是，倘若有像阿利斯泰·布倫特這樣的人在掌舵，你就無法隨意玩弄英國的金融。」

巴恩斯先生沉默了一會兒，接著又往下說：「布倫特是那種一定會付清帳單且量入為出的人，不論他一年收入是兩便士還是幾百萬英鎊都沒什麼兩樣。他就是那種人。他認為，一個國家沒有任何理由不保持原狀！不需要代價昂貴的實驗，不需要把預算耗費在可能是空想的社會改革計畫上。那就是為什麼，」他停頓了一下，「那就是為什麼某些人下定決心非得除掉布倫特。」

「啊哈！」白羅說。

巴恩斯先生點點頭。

「是的，」他說，「這類事情我瞭如指掌。他們之中有些人非常討人喜歡，長頭髮，目光誠摯，對美好社會充滿理想。但有些人就不那麼可愛啦，事實上相當卑鄙，一看就是鬼鬼祟祟的無恥小人，蓄著鬍子，帶有外國口音；還有一大批流氓、惡霸之類。但是他們都有一樣的主張：布倫特必須滾蛋！」

他輕輕地前後晃動著椅子。

「清除舊秩序！清除托利黨人、保守主義份子、死硬派、頭腦頑固、遇事多疑的生意人，那就是他們的想法。或許這些人是對的，我不知道，但有一點我很清楚，你必得拿得出某種理想而行得通的做法來取代舊秩序。唔，我們不必再談這些了，我們在處理具體的事實，而不是抽象的理論。移去支撐物，建築物就會倒塌，而布倫特實際上就是棟梁級的人物。」

他身子向前傾去。

「他們在四處追逐布倫特，這我很清楚。我的看法是，昨天上午他們幾乎得手了。也許我錯了，不過他們以前就試過——我是指同樣的手段。」

他停頓了一下，然後冷靜而審慎地提到三個人，分別是才能非凡的財政大臣，一位積極而具有遠見的企業家，一個受公眾喜愛、充滿希望的年輕政治家。第一位死在手術台上；第二位死於一種起因不明的病症，等到診斷確定時已為時過晚；第三個則被車子撞死。

「簡直易如反掌，」巴恩斯先生說，「麻醉師用錯了麻醉劑——唔，這種事確實會發生。第二個例子，症狀不明？那醫生只是個好心腸的藥學系畢業生，無法指望他能做出正確判斷。第三個例子，心急如焚的母親匆忙駕車去看生病的孩子而撞死人，是個令人同情的故事，陪審團撤銷了對她的指控！」

他停頓了一下。

「一切都合乎常情，而且很快就被人遺忘。不過，我告訴你那三個肇事者現在在哪裡。那位麻醉師個人投下鉅資蓋了個一流的研究實驗室。那位藥學系畢業生已退休，擁有一艘遊艇，還在百老匯大街有一幢漂亮的小房子。那位母親讓她的所有孩子受一流的教育，假期讓他們騎馬，在鄉間有一幢帶大花園和馴馬場的漂亮房子。」

他緩緩地點著頭。

「各行各業都會有人抵擋不住誘惑。這個案子的問題就在於莫利並不接受誘惑。」

「你認為情況像你說的那樣？」赫丘勒．白羅問。

巴恩斯先生說：「我認為是。要知道，想接近這些大人物不容易，他們受到周全保護。

車禍有很大風險，並非總是成功。然而在牙科醫生的椅子上，一個人就毫無防禦能力了。」

他摘下夾鼻眼鏡，擦拭一下，然後又戴上。他說：「那就是我的理論！莫利不願幹那勾當。不過，他知道得太多了，所以他們不得不把他幹掉。」

「他們？」白羅發出疑問。

「我說他們，是指操縱這一切的幕後組織。當然，下手的只有一個人嘛。」

「哪個人？」

「唔，我可以猜一下，」巴恩斯說，「不過，這只是猜測而已，我可能說得不對。」

白羅不動聲色地問：「賴利嗎？」

「當然囉！他是個現成的人選。我認為，很可能他們並不要求莫利親自動手。只是要他在最後一刻把布倫特交給他的同事，理由是他突然感到身體不適什麼的。然後賴利會執行這個任務。於是一起令人遺憾的意外事故便產生了，一個有名的銀行家死了，而一個滿臉沮喪的年輕牙醫站在法庭上，渾身發抖，一副可憐相；最後他被從輕發落，從今以後放棄牙醫生涯——卻安居在某個地方，靠一年幾千英鎊的優厚收入過日子。」

巴恩斯的目光逕直向白羅射來。

「別以為我是在編什麼離奇的故事，」他說道，「這種事常常有的。」

「是的，是的，我知道常常有。」

巴恩斯用手拍拍他身旁桌上一本封面俗豔的書，繼續往下說：「我讀過許多這種間諜故事，有些寫得真離奇。但奇怪的是，這些故事再怎麼也不會比真實故事更離奇。這件事有精采的冒險活動，有帶外國口音、面貌凶惡的傢伙，有犯罪集團、國際組織以及超級大騙子！看到我切身了解的事情訴諸文字，我都會感到臉紅，但是人們一分鐘也不會相信！」

白羅說：「根據你的推論，安布若提斯扮演的是什麼角色？」

「我不太確定，可能讓他去背黑鍋。他耍兩面手法已經很多次，因此我敢說他已被設計陷害。這只是個想法，一個判斷。」

赫丘勒．白羅平靜地說：「假設你的想法正確，接下來會發生什麼情況？」

巴恩斯用手擦擦他的鼻子。

「他們會再次動手，」他回答說，「哦，是的，他們會再試一次，不久之後。布倫特得找人保護他才行，他們得極為小心謹慎。這次不會是持槍射殺那種赤裸裸的行動。你告訴他們要提防那些看似沒問題的人，親戚、老僕人、助理藥劑師，或是賣葡萄酒給他的酒商。除掉阿利斯泰．布倫特可能有千百萬英鎊的代價，人們會為了得到——譬如說一年四千英鎊的可觀收入，而心甘情願地幹這件事！」

「有那麼多嗎？」

「可能更多……」

白羅沉默了一會兒，然後說道：「我從開始就一直想著賴利。」

「因為他是愛爾蘭人？愛爾蘭共和軍？」

「沒有那麼嚴重，可是，你知道，地毯上有痕跡，彷彿屍體從上面拖過似的。倘若莫利是被病人槍殺的，他會被打死在診療室，就沒有必要搬動屍體啦。那就是為什麼從一開始我就懷疑他被打死的地方不是診療室，而是他診療室隔壁的辦公室。也就是說，不是病人對他開了槍，而是診所裡的一個成員。」

「分析得滴水不漏。」巴恩斯表示讚賞地說。

赫丘勒．白羅站起身子，伸出手來。

「謝謝你，」他說，「你幫了我很大的忙。」

§

白羅在回家的路上，拜訪了格倫戈里飯店。

這次拜訪的結果，讓他第二天一大早便打電話給傑派。

「早安，我的朋友。驗屍審訊是今天，不是嗎？」

「是的。你打算去參加嗎？」

「我不打算去。」

「我想，確實不值得你去。」

「你叫森伯莉．西爾小姐去當證人？」

「那個可愛的梅布爾，她幹嘛不能簡單地拼成Mabel，這些女人真讓我惱火！不，我沒叫她去，沒必要。」

「你沒有去打聽她的事？」

「沒有，我何必？」

「我只是好奇罷了。森伯莉．西爾小姐前天晚餐前離開了格倫戈里飯店，之後就沒有回來。也許你會對這個消息感興趣。」

「什麼？她逃跑啦？」

「這種解釋可能成立。」

「可是她幹嘛要逃跑？事情跟她完全無關啊。她真誠坦率，光明正大。在獲悉安布若提斯的死因之前，我發電報到加爾各答去了解過她的情況，而昨天晚上我收到了回覆。一切正常，那裡的人都對她很了解，她所敘述的身世一點也不假，只是她對自己的婚姻有點含糊其辭。她嫁給一名印度大學生，隨後發現他早已有好幾個小妾，於是她又恢復未婚時的姓名，並開始參加慈善工作。她和那些致力於文化工作的人士關係密切，她教授語言，並協助業餘劇團演出。事實上，儘管我說她不討人喜歡，但一定可以排除她參與謀殺的嫌疑。而現在你說她跑掉了！我無法理解。」他停頓了一下，然後又疑惑地往下說，「或許她在那所旅館待膩了？我就容易這樣。」

白羅說：「她的行李還在，她什麼也沒帶走。」

傑派咒罵了幾句。

「她什麼時候走的？」

「大約六點四十五分。」

「旅館人員反應如何？」

「他們很不安，女經理顯得心慌意亂。」

「他們幹嘛不報警？」

「因為，閣下，假設一位女士碰巧在外面過夜（儘管從她的模樣來看似乎不太可能），要是她回來後發現旅館報了警，她一定會生氣。哈里森女士，那位剛才提到的女經理，打電話給各家醫院，怕她發生意外事故。我到那裡時，她正在考慮報警。我的出現對她來說就像救星，我擔起責任，並解釋說，我會找一個做事十分周到的警官來幫忙。」

「我想，那個辦事周到的警官就是我吧？」

「你猜得完全正確。」

傑派呻吟著說：「好吧，明天審訊後我在格倫戈里飯店和你碰面。」

§

他們在等待女經理時，傑派嘟囔著：「那女人幹嘛要失蹤？」

「你認為這事很奇怪？」

他們沒有時間多加討論。

格倫戈里飯店的經理哈里森女士來到了他們跟前。

哈里森女士說起話來滔滔不絕，而且幾乎眼淚汪汪。她非常為森伯莉．西爾小姐擔憂。她會發生什麼不測呢？她飛快地列舉各種可能遭遇的災難，像是喪失記憶、突然病倒、大量出血、被公共汽車撞倒、遭到搶劫、遇到襲擊……

她最後停下來喘口氣，喃喃地說：「那麼可愛的女人，她看上去那麼高高興興、那麼舒服自在。」

在傑派的要求下，她帶著他們上樓到那失蹤女人的簡樸臥室。一切都整齊清潔，有條不紊。衣服掛在衣櫥內，疊好的睡衣放在床上以備睡覺時用，屋子裡一個角落放著森伯莉．西爾小姐兩個樸素的箱子。梳妝檯下放著一排鞋子——幾雙日常耐穿的牛津鞋；兩雙俗氣的亮面花式鞋，平跟、鑲有環狀皮裝飾物；幾雙普通的黑緞面拖鞋，幾乎還是新的；還有一雙軟鞋。白羅發現軟鞋的尺寸比那些白天穿的鞋要小一號，這種情況可能是舊觀念或虛榮心在作祟。他倒很想知道森伯莉．西爾小姐是否得空在外出之前為她那隻鞋重新縫上鞋釦。他希望她已經縫上，衣著邋遢馬虎總是使人感到不舒服。

傑派忙著翻閱梳妝檯抽屜裡的一些信件。赫丘勒．白羅輕手輕腳地拉開五斗櫃的一個抽屜，裡面放滿了內衣；他又小心翼翼地把抽屜關上，嘟嘟囔囔地說森伯莉．西爾小姐似乎喜歡穿貼身的羊毛織品，然後又打開一個放長筒襪的抽屜。

傑派問：「找到什麼線索了嗎，白羅？」

白羅一邊晃動一雙襪子，一邊悲哀地說：「十吋的廉價絲襪，磨損得發亮，價格大概兩先令十便士。」

傑派說：「你不是在為遺物做估價，老小子。這裡有兩封來自印度的信，一兩張慈善組織的收據，沒有帳單。森伯莉．西爾小姐真是值得稱讚。」

「不過在穿著方面幾乎沒有品味。」白羅遺憾地說。

「或許認為衣著乃身外之物吧。」

傑派看著一個舊信封上的地址，信上的日期是兩個月前。

「這些人也許知道她一些事，」他說，「上面的地址是漢普斯特路。看來，他們的關係十分親密。」

在格倫戈里飯店沒有什麼材料可蒐集，他們只是得到一個消極的事實，那就是森伯莉・西爾小姐在出門時既沒有激動的樣子，也沒有流露出不安的神色。看得出來，她當時打定主意要回來的，因為她在大廳裡從她的朋友博萊索身旁走過時，曾高聲說道：「晚飯後，我示範跟你說過的那種單人紙牌遊戲。」

而且，格倫戈里飯店內有一種慣例，倘若你要外出用餐，就得事先通知餐廳。因此，事情很清楚，她原先打算回旅館吃晚飯，而晚飯供應時間在七點半到八點半。

然而她並沒有回來。她走出飯店轉入克倫威爾路，接著就失蹤了。傑派和白羅去了漢普斯特路的一戶人家，就是那個舊信封上的地址。

這是一幢十分漂亮的房子，亞當斯一家人口眾多，和藹可親。他們在印度生活多年，對森伯莉・西爾小姐評價很好。可是他們愛莫能助。

他們有一個月沒見著她了，事實上他們從復活節度假歸來後，就沒有和她見過面。她那時還住在羅素廣場附近的一家旅館內。亞當斯夫人給了白羅這家旅館的地址，又給了他森伯莉・西爾小姐另外幾位曾僑居印度的英國朋友的地址，他們住在史垂森。

可是他們在兩個地方都一無所獲。森伯莉・西爾小姐曾在那家旅館住過，不過他們對她幾乎毫無印象，無法提供任何有用的訊息。她是一位為人謙遜、討人喜歡的女士，長年住在國外。住在史垂森的朋友也幫不上忙，他們從二月至今都沒有見過她。

她有可能遇上意外事故，可是這種可能性也被排除。根據外型的描述，沒有一家醫院表示曾接納過這樣的病人。

森伯莉．西爾小姐消失得無影無蹤。

§

第二天早上，白羅去霍爾本王宮飯店找霍華．雷斯先生。

這一次，要是聽到霍華．雷斯先生某天晚上外出未歸的消息，他是不會大吃一驚的。

然而，霍華．雷斯先生仍然在霍爾本王宮飯店，有人說他正在吃早餐。

赫丘勒．白羅出現在早餐桌旁，霍華．雷斯不解他的來意。

儘管他看上去並不像白羅雜亂回憶中那副亡命之徒的模樣，但他那怒氣沖沖的面容仍令人望而生畏。他惡狠狠地瞪著這位不速之客，態度粗野地問：「什麼事？」

「允許我坐下嗎？」

赫丘勒．白羅從另一張餐桌旁拖了一張椅子過來。

雷斯先生說：「你愛怎樣就怎樣！想坐就坐！」

白羅笑著坐了下來。

雷斯先生無禮地問：「唔，你想幹什麼？」

「你不記得我了嗎，雷斯先生？」

「我壓根兒沒見過你。」

「你錯了。不到三天之前，你我坐在同一間屋子內至少五分鐘。」

「我不可能記得在哪個鬼聚會中遇到哪個人。」

「那不是個聚會，」白羅說，「那是牙醫的候診室。」

這個年輕人的雙眼閃過一陣不安，但又立即消逝。他的舉止改變了，不再不耐煩和無所謂，而是突然變得十分警惕。他從桌子對面望著白羅，說道：「哦！」

白羅在答腔之前，仔細端詳著雷斯先生。他相當確定，這的的確確是個危險的年輕人。一張瘦長、充滿熱望的臉，一個過分自信的下巴，一雙狂熱份子的眼睛。不過，這張臉對女人來說或許很有魅力。他衣衫不整，甚至十分邋遢，吃起東西不拘禮節，狼吞虎嚥，這一點很有意思。

白羅私下給他做了個結論：「這是隻有頭腦的狼……」

雷斯聲音刺耳地問：「你來這裡有什麼目的？」

「我的造訪冒犯了你？」

「我還不知道你是誰呢。」
「很抱歉。」
白羅敏捷地掏出他的名片盒，抽出一張名片，從桌面上遞過去。
那種他無法確認的不安，又閃現在雷斯先生瘦長的臉上。這不是恐懼，與其說是恐懼，不如說是挑釁，隨之而來的無疑是憤怒。
他把名片扔回。
「噢，那就是你的名字，是嗎？我聽說過你。」
「多數人都聽說過。」赫丘勒．白羅謙遜地回答。
「你是個私家偵探，是不是？收費昂貴的那種。雇用你的都是些不計金錢、只為了保全可憐的性命而不惜一切代價的人！」
「你再不喝咖啡，」赫丘勒．白羅說，「咖啡就涼了。」
他說話時態度和藹，但具有權威性。
雷斯直愣愣地盯著他。
「嗨，我倒要看看，你是什麼樣的爛傢伙。」
「這個國家的咖啡真夠差勁——」白羅說。
「的確是這樣。」雷斯對這點大表贊同。

「不過你要是讓它涼了，那就難以入口了。」

那年輕人的身子向前傾去。

「你要幹嘛？你到這裡來有什麼高見？」

白羅聳聳肩。

「我想——見你。」

「噢，是嗎？」雷斯滿腹疑慮地問，他的雙眼眯了起來。

「倘若你是為錢而來，那麼你找錯人了！我結交的那些人買不起他們想要的東西。趁早回到能付你佣金的人那裡去吧。」

白羅嘆了口氣，說：「還沒有誰給我報酬呢。」

「你在唬我。」雷斯說。

「這是真話，」赫丘勒．白羅說，「我花了很多寶貴的時間，並不是為了酬勞的問題。簡單地說，只是為了滿足自己的好奇心。」

「我想，」雷斯說道，「那天在牙醫的鬼診所裡，你也只是在滿足你的好奇心。」

白羅搖搖頭，他說：「你似乎忘記了人們待在牙醫候診室的理由——等著看牙。」

「那麼，那就是你的目的？」雷斯的口氣中露出不信任和蔑視。「等著看牙？」

「當然囉。」

「要是我說我不信，請你原諒我。」

「那麼雷斯先生，我能否問一下，你在那兒幹什麼？」

雷斯突然咧嘴笑了，他說：「反將你一軍！我也在那兒等著看牙啊。」

「你或許是牙疼吧？」

「沒錯，大男孩。」

「但儘管如此，你沒有等到看牙就走？」

「是的，那又怎麼樣？這是我個人的事。」他停頓了一下，然後帶著野蠻的口吻飛快地說：「噢，在這兒耍嘴皮子有什麼用？你其實是在那裡保護你的大人物。唔，他安然無恙，不是嗎？你寶貝的阿利斯泰‧布倫特啥事也沒有。你沒理由指控我。」

白羅說：「你離開候診室後去了哪裡？」

「當然是離開了那幢房子。」

「呵！」白羅仰望著天花板。「沒人看到你離開，雷斯先生。」

「這要緊嗎？」

「也許要緊。請記住，過沒多久，那屋子就死了人。」

雷斯毫不在乎地說：「哦，你是說那個牙醫。」

白羅用強硬的語氣說：「是的，我是說那個牙醫。」

雷斯凝視著他。

「你想把這件事歸罪於我？玩這種花樣？唔，你省省吧。我昨天剛讀過審訊記錄。那可憐的死鬼是開槍自殺的，因為他使用局部麻醉劑出了差錯，害他的一個病人送了命。」

白羅不為所動地往下說：「你說你離開屋子了，你怎麼證明呢？是否有人能肯定地說出，十二點到一點之間你在哪裡？」

雷斯眼睛瞇成了一條縫。

「你就是要把罪名硬栽到我頭上囉？我猜想，是布倫特出錢讓你這樣做的？」

白羅嘆了口氣，他說：「請你原諒——這件事似乎使你心神不寧，你翻來覆去地叨唸著阿利斯泰．布倫特先生。我並不受雇於他，我從未受雇於他。我關心的不是他的安全，而是一個人的死亡，這個人在他的專業領域上表現得不錯。」

雷斯搖搖頭。

「抱歉，」他說，「我不相信你。你一定是布倫特的私人偵探。」他把身體探過桌子，臉色變得陰沉。「可是要知道，你無法拯救他。他得滾蛋，他以及他所代表的一切！需要有新的局面，腐朽的舊金融體系必須完蛋，這種令人詛咒的銀行家網絡就像蜘蛛網一樣，它們得徹底清除。我對布倫特個人毫無敵意，但他是我憎恨的那種人。他平庸不堪卻自命不凡，這種人你不使用炸藥，就動彈不了他。這種人說：『你無法瓦解文明的基礎。』然而我不能嗎？等著瞧吧！凡是杵在進步大道上的障礙就得被移除。世上已經沒有像布倫特那種人的生存空間，那種想回復到過去的人，那種希望像他們的父親或甚至像他們祖父一樣生活的人！在英國有許多這樣的人，包著硬殼的老頑固，腐朽時代的舊標記。我的老天，他們得滅亡！得產生一個新的世界。你明白我的意思嗎？一個新世界，明白嗎？」

白羅嘆了口氣，站起身來。他說：「我明白了，雷斯先生，你是個理想主義者。」

「我是，又怎樣？」

「太理想化了，以至於對一個牙醫之死漠不關心。」

雷斯先生帶著嘲弄的口吻說：「死掉一個小牙醫有什麼了不起？」

赫丘勒．白羅回答：「這對你無關緊要，對我卻至關重要，那就是你我之間的差別。」

§

白羅回到家後，喬治告訴他，有一位女士正等著要見他。

「她，呃，有點兒緊張不安，先生。」喬治說。

這位女士沒有報出姓名，因此白羅隨意猜了一番。他沒有猜著，原來這位年輕女人正是已故莫利先生的祕書格拉蒂斯．芮薇爾小姐。白羅進屋時，她激動地從沙發上站起來。

「哦，親愛的白羅先生。很抱歉來打擾你——我不知道我怎麼有勇氣來，我想你會認為我這樣做很冒失，不過我不會占用你太多時間。我知道，時間對一個繁忙的專業人士意味著什麼，不過我真的很難受……只怕你會覺得這是浪費時間——」

對英國人的深入了解使白羅獲益匪淺，因此他建議年輕小姐來一杯茶。芮薇爾小姐的反應果真不出他所料。

「哦，真的，白羅先生，你真客氣。早飯雖然剛吃過不久，不過一個人任何時候都能來一杯茶，不是嗎？」

不是，白羅任何時候都可以不喝茶，然而他還是假裝對小姐表示贊同。喬治按吩咐去沏茶，轉眼間，白羅和來訪者便面對面地坐在茶盤的兩側。

「我必須對你表示歉意，」芮薇爾小姐在茶的作用下又恢復了鎮定。「事實上，昨天的審訊使我非常不安。」

「我相信一定是的。」白羅溫和地說。

「他們沒有要求我作證或做類似的事。可是我覺得應當有人和莫利小姐一起去——當然囉，賴利先生在那裡，但我是說應該有一位女性陪她去。而且，莫利小姐不喜歡賴利先生，所以我認為，我有責任去那兒。」

「你真夠義氣。」白羅鼓勵她往下說。

「噢，不，我只覺得我必須這樣做。你知道，我為莫利先生工作已不少年，這件事情對我是巨大的打擊。當然囉，審訊把事情弄得更糟。」

「的確是這樣。」

芮薇爾小姐急切地把身子往前傾。

「全弄錯了，白羅先生，全都搞錯了。」

「什麼錯了，小姐？」

「哦，這不可能發生的，不是他們推斷的那樣，我是指在病人的牙床注射過量藥物。」

「你認為不是這樣？」

「我對此確信無疑。病人確實偶爾會產生不良反應，但那是因為他們生理上有疾病——他們的心臟不正常。不過我堅信，藥物過量的情況難得發生。要知道，開業醫生已習慣於使用正常劑量，這完全是機械行為，他們使用劑量是不假思索的。」

白羅表示贊同地點點頭。他說：「我自己也是這麼想，沒錯。」

「你瞧，一切都那麼標準化。這不像藥劑師，整天在配製不同的藥，用不同的配料，倘若稍有疏忽，就會不知不覺造成差錯。這也不像一位醫生開藥方那樣。牙科醫生根本不是那麼回事。」

白羅問：「你沒有要求驗屍法庭允許你發表這些看法嗎？」

格拉蒂斯．芮薇爾搖搖頭。她態度曖昧地絞著手指。

「我怕，」她終於打破沉默。「我怕把事情弄得更糟糕。當然，我知道莫利先生不會做這種事，可是這會使別人以為他是故意這樣做的。」

白羅點點頭。

格拉蒂斯．芮薇爾說：「那就是我來找你的原因，白羅先生。因為跟你說的話，這……這就是非正式的。可是我真的覺得，得有人知道，這，這一切是多麼令人無法相信！」

「沒有人想知道。」白羅說。

她直愣愣地望著他，顯得迷惑不解。

白羅說：「我倒想多了解一下你收到的那份電報，就是那天叫你離開的那份電報。」

「老實說，我不知這是怎麼回事，白羅先生。這事確有蹊蹺。你瞧，這一定是非常了解我的人發的，而且知道我姑媽、她的住處，以及所有情況。」

「是的，看來，這份電報一定是你的密友發的，或者是住在那幢房子裡，對你的情況瞭如指掌的人發的。」

「我的朋友中沒人會做這種事，白羅先生。」

「你自己對此一無所知嗎？」

她猶豫了一下，緩緩地說：「一開始，當我以為莫利先生是開槍自殺時，我曾經一度懷疑，有沒有可能是他發的電報。」

「你的意思是，出於對你的關心，把你支開？」

她點點頭。

「不過那確實是個絕妙的想法——如果那天上午他已經有了自殺的念頭。這實在有點怪。弗蘭克——你知道，就是我的朋友——對此反應非常不成熟。他指責我想和別人一起外出玩一天，彷彿我很習慣做那種事似的。」

「有這麼個『別人』嗎？」

「沒有，當然沒有。弗蘭克近來變了很多，變得陰鬱和多疑。不過，這是因為他失業了，而又無法找到工作的緣故。老是遊來蕩去，對一個男人來說是多麼難受。我非常擔心弗蘭克。」

「所以當他發現你不在時，他相當煩躁不安，是不是？」

「是的。他來告訴我，他有了新工作，一份很棒的工作，一星期十英鎊。他等不及了，想立即讓我知道。而且我認為，他想讓莫利先生也知道，因為莫利先生不喜歡他，讓他很傷心，他懷疑莫利先生試圖左右我，從而使我對他產生反感。」

「這是事實，不是嗎？」

「唔，是的，某種意義上是這樣！當然，弗蘭克丟掉許多好工作，也許他不是那種沉著冷靜的人。但是現在情況不同了，我覺得，一個人在精神感召下能做出很多事情啊，不是嗎，白羅先生？要是一個男子感到一個女人對他抱有很大期望，他就會設法使自己符合她的理想。」

白羅嘆了口氣，但他沒有爭辯。他曾聽到數百位女性提出相同的論點，她們輕信女人的愛情能使男人恢復堅強的意志。白羅悲觀地認為，在一千次中，或許才有一次是可能的吧。

不過他僅僅說：「我想見見你那位朋友。」

「我也很想讓你見見他，白羅先生。不過他只有這個星期日休假。你知道，他到鄉下去了一個星期。」

「噢，去赴任新的工作。順便問一下，他做的是什麼事？」

「唔，我也不太清楚，白羅先生。我猜想，是祕書或者是哪個政府部門的雇員。我只知道，我得把信寄到弗蘭克在倫敦的家，再由他們轉信。」

「那倒是有些怪，不是嗎？」

「唔，我也這樣認為——不過弗蘭克說，這是常有的事。」

白羅一聲不吭地望著她看了一會兒。隨後他不慌不忙地說：「明天是星期日，對吧？或許你們倆願意賞臉和我一起吃頓午餐。在洛根角餐廳，好嗎？我想和你們兩個一起談談這場悲劇。」

「噢，謝謝你，白羅先生。我……是的，我們非常樂意和你共進午餐。」

§

弗蘭克‧卡特中等身材，是個金髮白皮膚的男子，外貌看起來聰明機靈，卻又處處透出俗不可耐，說起話來節奏很快，十分流暢。他的兩隻眼睛靠得很近，當他感到尷尬時，兩顆眼珠不停地從一邊轉到另一邊。他看上去像是滿腹疑慮，還有點敵對情緒。

「我事先可不知道有幸和你一起用午餐，白羅先生。格拉蒂斯什麼也沒跟我說。」

他說話時十分惱火地瞪了她一眼。

「這是昨天才約定的，」白羅笑著說，「芮薇爾小姐對莫利先生的死亡感到很不安，因此我想知道，我們是否可以一起設法……」

弗蘭克‧卡特粗魯地打斷了他。

「莫利的死亡？莫利的死亡使我煩死了！我們為何不能忘掉他，格拉蒂斯？我看不出他有什麼重要。」

「哦，弗蘭克，我覺得，你不該那樣說。要知道，他留給我一百英鎊。昨天夜裡，我收到了相關信件。」

「那倒是不錯，」弗蘭克勉強承認，「可是，話又說回來，他不該這樣做嗎？他把你當個黑奴一樣使喚，但最後，是誰把豐厚的酬勞大把地往口袋裡塞？是他嘛！」

「唔，當然是他，但他付給我的薪水可不低。」

「依我看來，少得可憐！要知道，你太溫順了，格拉蒂斯，我的小姐，你是讓人給利用了。我對莫利的評價恰如其分。你和我一樣清楚，他千方百計要你甩掉我。」

「他只是不了解。」

「他很了解。那傢伙現在死了，要不然我可以跟你說，我要讓他知道一點我的想法。」

「他去世的那天上午，你就是為了這個目的去診所，是嗎？」赫丘勒．白羅溫和地問。

弗蘭克憤怒地回答：「是誰這麼說的？」

「你確實去過，不是嗎？」

「我去過又怎麼樣？我想見見芮薇爾小姐。」

「可是他們告訴你，她出去了。」

「是的，但我可以告訴你，那種回答使我非常懷疑。我對那個紅頭髮的蠢貨說，我要等在那裡直到見到莫利。那種唆使格拉蒂斯對我產生惡感的把戲玩得夠久了，我打算告訴莫利，我不是個可憐的、沒有工作的無賴。我已經有了一份體面的工作，因此，現在該是格拉蒂斯遞上她的辭職書，並且考慮購置嫁妝的時候了。」

「然而事實上，你並沒有這樣對他說？」

「沒有，我在那座骯髒的陵墓中待膩了。我走了。」

「你什麼時候離開的？」

「我記不清了。」

「你什麼時候到的？」

「我不知道。我猜想，剛過十二點吧。」

「那麼你待了半小時——是更久，或者不到半小時？」

「我跟你說，我不知道。我不是那種老是看手錶的人。」

「你在候診室的時候，那裡還有誰？」

「我進去的時候，裡面有一個腦滿腸肥的胖傢伙，不過他待的時間不長。他走後，就我一個人。」

「那麼，你一定是在十二點半以前離開的，因為那時來了一位女士。」

「可以這麼說。就像我剛說的，那地方惹我心煩。」

白羅十分認真地望著他。

這個傢伙十分不安，他的話不太可靠，不過這也可以解釋成是緊張的緣故吧。

白羅說話仍然簡潔明瞭，態度友好。「芮薇爾小姐跟我說，你很幸運，找到了一份很好的工作。」

「報酬很豐厚。」

「她告訴我，一星期十英鎊。」

「是的。還不錯，對吧？這表示當我決心要做什麼時就能成功。」

他有點得意忘形。

「確實如此。那麼這工作不會太辛苦吧？」

弗蘭克簡單地說了一句：「還不賴。」

「有意思嗎？」

「噢，是的，很有意思。說到工作，我一向很有興趣了解你們私家偵探是如何進行活動的。我猜跟福爾摩斯辦的案子已經不同了，現在多數是離婚案件吧？」

「我本人對離婚案件毫無興趣。」

「是嗎？我不知道你是怎麼過日子的。」

「勉強湊合，我的朋友，勉強湊合。」

「可是你在同行中是首屈一指的，不是嗎，白羅先生？」格拉蒂斯．芮薇爾插了進來，「莫利先生常這樣說。我是說，你是皇室、內政部或女公爵們會找的人。」

白羅對她笑笑。

「你這是在奉承我了。」他說。

§

白羅穿過空曠的街道回到家裡，一路上都沉浸在周密的思考中。

他踏進家門，就打了電話給傑派。

「請原諒我打擾你，朋友，不過你有沒有調查發給格拉蒂斯．芮薇爾的那封電報？」

「你還是念念不忘這件事嗎？是的，事實上我們調查過了。這一封電報相當高明，她姑媽住在薩默塞特郡的里奇伯恩，而電報發自里奇巴恩，你知道，是倫敦郊外的里奇巴恩。」

赫丘勒．白羅表示贊同地說：「很高明，的確很高明。要是收到電報的人無意中看一眼電報是從哪裡發來的，很容易看成是里奇伯恩，不會引起任何懷疑。」他停頓了一下。「你知道我在想什麼嗎，傑派？」

「什麼？」

「看得出來，有人在精心策畫這件事。」

「赫丘勒．白羅希望這是件謀殺案，所以這就得是謀殺案。」

「不然你如何解釋那份電報？」

「巧合罷了。有人在捉弄她。」

「他們幹嘛要捉弄她？」

「哦，我的老天爺，白羅，人們做事一定要有理由嗎？只是亂開玩笑嘛，一個惡作劇。自以為幽默，就是這樣罷了。」

「偏偏在莫利先生弄錯麻醉劑的那一天，有人想尋開心？」

「也許有些因果關係，因為芮薇爾小姐外出，而莫利先生又比平時來得忙碌，於是便出了差錯。」

「我還是不信。」

「我敢說是這樣。你沒注意到你的觀點可以怎麼推論嗎？要是有誰故意使芮薇爾小姐置身事外，那人或許就是莫利。這會使得安布若提斯之死成為蓄意謀殺，而不是偶然事故。」

白羅默然無語。傑派又說：「你明白嗎？」

白羅說：「安布若提斯也許是被人用別的方式殺害的。」

「不可能，沒人到薩伏飯店去找過他，他在自己的房間裡吃午餐。醫生們說藥物不在胃裡，所以一定是注射進去，而不是口服。情況就是這樣，一切都明擺著嘛。」

「有人就是要我們這麼想的。」

「不管怎麼說，上頭對此表示滿意。」

「他們對那位女士失蹤也感到滿意嗎？」

「西爾失蹤那件事？不，我可以告訴你，我們還在偵查。那女人應該在某個地方，她不可能上了街就消失得無影無蹤。」

「看來她就是消失了。」

「那是暫時的事。她一定在某個地方，不論是死是活。而且我認為她還活著。」

「為什麼？」

「因為死了的話，我們現在就會發現她的屍體了。」

「噢，我的傑派，難道屍體總是那麼快就曝光嗎？」

「我想你是在暗示她已被謀殺，而我們會在露天礦場找到她，就像拉克斯頓夫人那樣，被切成碎塊？」

「不管怎麼說，你們確實有幾位沒有找到的受害者嘛。」

「這種情況很少，老傢伙。許多婦女失蹤了，是的，不過我們大致都找到了。十有八九是老掉牙的風化案，她們和男人在某個地方躲了起來。可是我認為，我們的梅布爾不屬於那種情況，你說呢？」

「天知道，」白羅謹慎地說，「不過我也認為不太可能。你確定能找到她嗎？」

「我們會找到的。我們要在報刊上描述她的外貌，並在英國廣播電台播送尋人啟事。」

「啊哈，」白羅說，「我猜想，那樣做會有好戲看。」
「別擔心，老傢伙。我們會幫你找到你那個失蹤的大美人，包括她的羊毛內衣和所有的東西。」
他掛斷電話。
喬治像往常一樣踩著無聲的腳步進了房間。他把一壺冒著熱氣的巧克力和一些甜餅放在小桌上。
「還有事嗎，先生？」
「喬治，我現在滿腦子的疑團。」
「是嗎，先生？聽到這話我很遺憾。」
赫丘勒．白羅給自己斟了一些巧克力，滿腹心事地攪動杯子。
喬治看出白羅的意思，便恭順地站在一旁等待他往下說。過去也有這種機會，赫丘勒．白羅和他的僕人一起討論案子。他總是說，喬治的看法十分有幫助。
「毫無疑問，喬治，你已經知道我的牙醫死了？」
「莫利先生吧？是的，先生。真叫人難過，先生。我知道他是開槍自殺的。」
「那是一般人的看法。如果他不開槍自殺，他就是被謀殺的。」
「是的，先生。」

「問題在於，如果他被謀殺了，是誰謀殺了他？」

「確實如此，先生。」

「喬治，只有幾個人有可能謀殺他。也就是說，凶手是當時正在房間裡的人，或是可能在房間裡的人。」

「確實如此，先生。」

「那些人是：一個廚師兼女僕，她是和藹可親的傭人，不大會做這類事情；一個對他忠心耿耿的姐姐，也幾乎沒有這種可能——不過她是她弟弟的財產繼承人，我們任何時候都不能忽略金錢因素；一個有才幹、有能力的合夥人，但動機不明。一個有點傻呼呼的小夥子，對拙劣的偵探故事著迷。最後，是一個希臘紳士，他的背景有點可疑。」

喬治咳嗽了一下。

「這些外國人，先生——」

「沒錯，我完全同意。那個希臘紳士一定有關係。可是，你知道，希臘紳士也死了，而且顯然是莫利先生殺了他——是蓄意謀殺還是由於不幸的差錯造成，我們沒有把握。」

「先生，他們可能互相殺害了對方。我是說，先生，兩位紳士都有殺掉對方的念頭，不過當然囉，兩人都沒有發覺對方的意圖。」

赫丘勒·白羅發出滿意的呵呵聲。

「妙極了，喬治。牙醫謀殺了坐在手術椅上的紳士，卻沒有想到，那個犧牲品同時也在琢磨何時該掏出他的手槍來。當然有這種可能性，不過依我看，這種可能性極小。而且我們要列舉的人物還沒說完呢。在這段時間內，另外還有兩個人也可能在房裡。在安布若提斯之前，每個病人離開診所時都有人看到，只有一個人是例外——一位年輕的美國人。他在十一點四十分左右離開了候診室，然而沒人看到他確實離開了診所。因此，我們必須把他視為可能的涉案人選。另一位有可能做案的是弗蘭克・卡特先生（不是病人），他在十二點剛過到了診所，想見莫利先生。也沒有人看到他離開。我的好喬治，實際情況就是如此。你是怎麼看的？」

「謀殺是在什麼時候發生的，先生？」

「如果是安布若提斯謀殺的，那就是在十二點到十二點二十五分之間。倘若是別人謀殺的，那麼是在十二點二十五分之後，不然的話，安布若提斯先生會看到屍體的。」

他用鼓勵的目光望著喬治。

「唔，我的好喬治，對此你有何見解？」

喬治沉思了一下。他說：「我突然想到，先生——」

「如何，喬治？」

「今後你得另外找牙醫看牙了，先生。」

赫丘勒．白羅說：「你愈來愈行了，喬治。我還沒有想到這一層呢！」

喬治心滿意足地離開了房間。

赫丘勒．白羅繼續待在房間啜飲著他的巧克力，並把剛才概括出的事實又在腦海裡整理一遍。他感到很滿意，因為這些事實和他剛才所說的相符，在這一群人當中，有一個正是幹了這個勾當的人，不管他是受了誰的指使。

隨後他的眉毛又挑了起來，因為他意識到這張名單還不完全，他漏掉了一個名字。哪個也不能漏掉，甚至最不可能是凶手的人也不行。

在發生謀殺案的這段時間，房間裡還有另外一個人。

他寫下了名字：巴恩斯先生。

§

喬治報告說：「先生，有一位女士要你接電話。」

一週之前，白羅猜錯了某個來訪者的身分，但這次他猜對了。

他立即聽出了她的聲音。

「是赫丘勒．白羅先生嗎？」

「是我。」

「我是珍．奧利弗拉，阿利斯泰．布倫特先生的甥孫女。」

「是的，奧利弗拉小姐。」

「你能來哥德居一趟嗎？有一件事，我覺得你應該了解。」

「當然可以。什麼時候方便？」

「請在六點半來吧。」

「我會去的。」

一瞬間，那專橫的口吻變得有些猶豫不決：「我——我希望沒有打斷你的工作吧？」

「哪裡的話，我正等著你來電話呢。」

他迅速擱下話筒，帶著微笑走開了。他揣測著珍．奧利弗拉會以什麼樣的藉口解釋這番邀請。

白羅到達哥德居後，被直接領進一間俯視泰晤士河的寬敞圖書室。阿利斯泰．布倫特坐在寫字檯前，心不在焉地玩弄一把裁紙刀。他的臉上露出一絲倦容，那是一種男子被女眷們吵到心煩的神態。

珍．奧利弗拉站在壁爐旁。白羅進屋時，一個胖呼呼的中年婦女正煩躁不安地說著話。

「我真的認為，這件事情應當考慮我的感受，阿利斯泰。」

「是的，朱莉亞，當然，當然。」

阿利斯泰．布倫特一邊安慰她，一邊站起身來迎接白羅。

「如果你們要談恐怖的事情，我就離開。」那位胖夫人又加了一句。

「我有話要說，母親。」珍．奧利弗拉說。

奧利弗拉夫人像一陣風般拂掃而去，看都不看白羅一眼。

阿利斯泰．布倫特說：「你能來太好了，白羅先生。我想，你已經見過奧利弗拉小姐了吧？是她要你來的。」

珍生硬地說：「是關於這個失蹤女人的事，報紙上全是她的消息，什麼西爾小姐的。」

「森伯莉．西爾，是嗎？」

珍再次把身子轉向白羅。

「這名字那麼特別，所以我就記住了。我能告訴他嗎？還是你說，阿利斯泰姨公？」

「親愛的，讓你來說吧。」

珍又轉向白羅。

「這件事根本無關緊要——不過我想，你應該知道。」

「是嗎？」

「那是阿利斯泰姨公上次去牙醫那兒的事——我不是指那一天，我是指約莫三個月前。

我和他乘坐那輛勞斯萊斯去了夏洛特皇后大街，我先到攝政王公園去見幾位朋友，然後再回頭接他。我們在五十八號前停下，姨公下了車；就在他著地的時候，一位婦女從五十八號內走了出來。是一位中年婦女，頭髮裝飾得過分花稍，穿著打扮附庸風雅。她向姨公走來，並說（珍・奧利弗拉提高嗓門，發出一種做作的尖叫）：『哦，布倫特先生，我相信，你不記得我了！』唔，當然囉，我可以從姨公的神情看出他一點也記不起她——」

阿利斯泰・布倫特嘆了口氣。

「我總是記不住人的面孔。人們碰到我老是這麼說——」

「他擺出應付的表情，」珍繼續說，「我非常了解，彬彬有禮，狀似相信。但這連小孩子也騙不過的。他用無法令人信服的口吻說：『噢，呃，當然記得。』那個討厭的女人繼續說：『我是你妻子的好朋友啊！』」

「他們也總是這樣說。」阿利斯泰的口氣變得更憂鬱，他悲哀地笑了一下。「最後的目的也都一樣，要我贊助這個、贊助那個。那次我花了五英鎊捐給印度婦女布道會才了事。算是便宜了！」

「她真的認識你妻子嗎？」

「唔，她對婦女布道會很感興趣，因此我想，要是她們認識，應該是在印度的事了。大約十年前我們在那兒待過。不過當然，她不可能是我妻子的好朋友，要不然，我會知道的。

也許在什麼招待會上見過面吧。」

珍．奧利弗拉說：「我不信她見過麗貝卡姨婆，我認為這只是她找你說話的藉口。」

阿利斯泰．布倫特大度地說：「唔，那是很可能的。」

珍說：「我的意思是，我覺得，她那種設法跟你結識的方式很可疑，姨公。」

阿利斯泰．布倫特依然用寬容的口吻說：「不過，她並沒有緊追著我不放吧？」布倫特又搖了搖頭。「在那之後，我再也沒有想到她，甚至忘了她的名字，直到珍在報紙上看見她的消息。」

珍有點不服氣地說：「哦，我以為應該把這件事告訴白羅先生。」

白羅彬彬有禮地說：「謝謝你，小姐。」他又補充說：「我不該再打擾你了，布倫特先生，你是個大忙人。」

珍飛快地說：「我送你出去。」

赫丘勒．白羅那八字鬍下的嘴暗自笑了一下。

走到一樓時，珍猛然停下。她說：「到這兒來。」

他們走進大廳外的一個小房間。

她轉過身來面對著他。

「你在電話裡說，你等著我來電話，這是什麼意思？」

白羅笑了，他伸出雙手。

「就是那樣，小姐。我在等你的電話，而電話來了。」

「你是說，你事先知道我要打電話跟你談這個叫森伯莉．西爾的女人？」

白羅搖搖頭。「那只是個藉口。如果需要的話，你也可以找其他理由。」

珍說：「我為什麼應該會打電話給你？」

「你為什麼把森伯莉．西爾小姐的這種瑣事告訴我，而不去告訴警察呢？那樣做才順理成章呀。」

「好吧，萬事通先生，你到底了解多少情況？」

「我知道，自從你聽說我去霍爾本王宮飯店做了一次拜訪，你就對我產生了興趣。」

她的臉色變得煞白，使他嚇了一跳。他不相信，那深棕色的眼珠竟然可以變成這樣的淺綠色。

他往下說著，口氣安詳而從容：「你今天要我來這兒，是因為你想打聽情況，不是嗎？是的，向我打聽霍華．雷斯的情況。」

珍．奧利弗拉問：「他是誰？」

這是個失敗的迴避。

白羅說：「你用不著套我，小姐，我會把我知道的情況告訴你——或者應該說，把我猜測的情況告訴你。當我們第一次到這裡來——傑派探長和我——你一看到我們，大吃一驚，簡直嚇壞了。你以為你姨公出了什麼事。那是為什麼？」

「唔，他是那種可能會出事的人。在斯洛伐克貸款案之後，他曾收到一枚郵寄炸彈，還收到過許多恐嚇信。」

白羅又往下說：「後來傑派探長告訴你，某個叫莫利的牙醫被開槍打死了。你現在可以回想一下你的回答，你說：『不過那沒道理。』」

珍咬著她的下唇，說：「我那樣說了嗎？我那樣說很怪嗎？」

「這種評語令人覺得奇怪，小姐。這表明，你知道有莫利先生這個人，而且你預料會出什麼事；不是他出事，而是在他那裡出什麼事。」

「你很會編故事，是不是？」

白羅對她的反應毫不理會。

「你預料，或者更確切地說，你害怕莫利先生的診所裡會發生什麼事。你害怕你姨公會出事。如果是這樣的話，你一定知道某些我們不知情的事情。我回憶了那天在診所裡的人，我立刻就鎖定了其中一個，他或許會跟你有關係——就是那個年輕的美國人，霍華·雷斯先生。」

「簡直像連載小說，不是嗎？下一期又是什麼聳人聽聞的情節呢？」

「於是我去見了霍華・雷斯先生。他是個危險而富有魅力的年輕人。」

白羅意味深長地停頓了一下。

珍一副若有所思的模樣。

「他正是這樣的人，不是嗎？」她笑了。「好吧！你贏了！我當時真的是嚇呆了。」她向前俯過身子。「我把事情告訴你，白羅先生，你不是那種會受愚弄的人。與其讓你四處打聽，我還不如直接對你說呢。我愛那個人，霍華・雷斯，我為他神魂顛倒。我母親把我帶到這兒來，部分是為了要我擺脫他，部分則是因為她希望阿利斯泰姨公會喜愛我，死後能把財產留給我。」

她繼續說：「我母親是他太太的甥女，我外婆是麗貝卡・安霍特的姐妹。所以他是我母親的姨丈。只是他本人沒有近親，因此母親認為我們應該是他的財產繼承人。她向他要錢也非常隨便。你瞧，我對你十分坦率，白羅先生。我們就是那種人。事實上，我們可以說是很有錢——根據霍華的觀點，有錢到可恥的地步——不過，我們仍然不屬於阿利斯泰姨公這個階級。」

她停了下來，一隻手猛地拍了一下椅子的把手。

「我怎樣才能讓你明白我的心情？我從小到大所相信的一切，霍華都感到憎惡，想要加以消滅。偏偏有時候我也贊成他的所作所為。我喜歡阿利斯泰姨公，但他有時候也使我惱火得很。他是那樣墨守成規，那樣英國式和謹慎保守。我有時覺得，他和他那一類人應當被清除，因為他們阻礙進步；沒有他們，我們就能把事情做好！」

「你已改變信仰，成為雷斯先生的追隨者了？」

「我改變了信仰，但又沒有改變。霍華比……比他那派的人更瘋狂。你知道，有些人，他們很認同霍華的觀點。其實他們很想放手一試——倘若阿利斯泰姨公和他的那夥人認同的話。但他們永遠也不會認同！他們只是坐在那兒，一邊搖頭，一邊說：『我們絕不能冒那種風險』、『這樣做聽起來太花錢』、『我們得考慮我們的責任』，還有『回顧一下歷史吧』。然而我認為一個人不該回顧歷史，那是往後看。人應該向前看才對。」

白羅溫和地說：「這是個感人的看法。」

珍輕蔑地看著他。

「你也那樣說！」

「也許是因為我已老朽。『老人也該有夢想』，但——你知道，那也只是夢想。」

他停頓了一下，然後淡淡地問：「霍華．雷斯先生為何要去夏洛特皇后大街？」

「因為我想讓他見見阿利斯泰姨公，而除了這樣安排之外我別無他法。他過去對阿利斯泰姨公是那麼敵視，那麼充滿……仇恨，我覺得，只要他能見他一面，看到他是一個和藹可親、毫無架子的人，那麼他就會改變觀感……我沒法安排在這兒，因為媽媽在這裡，她會把一切都搞糟的。」

白羅說：「可是做好安排後，你——害怕了。」

她那雙眼睛睜得大大的，目光變得暗淡。她說：「是的。因為……因為霍華有時一激動就失去自制力。他……他——」

赫丘勒・白羅說：「他一心想走捷徑，要幹掉——」

珍・奧利弗拉叫出聲：「別這麼說！」

04
七，八，排整齊

時光流逝，莫利先生死了已有一個月，森伯莉．西爾小姐仍然下落不明。

在這件案子上，傑派的火氣愈來愈大。

「他媽的，白羅，那女人一定待在什麼地方。」

「親愛的，這是毫無疑問的。」

「她要嘛是死了，要嘛還活著。如果死了，屍體在哪兒？比如說，她自殺了——」

「又是自殺？」

「別扯到老問題。你仍然以為莫利是他殺；我告訴你，他是自殺的。」

「還沒有手槍的線索？」

「沒有，那是外國貨。」

「這倒是個啟示，不是嗎？」

「但不是你指的那種啟示。莫利去過國外，他和他姐姐一起出國旅遊過，在這英倫三島上，沒有人不去旅遊。他可能在國外弄到那把槍，他可能覺得有生命危險。」

停了一會兒，他接著說：「你別打斷我的話。我是說，如果——注意，我只是說如果——那混帳女人自殺了，比方說，溺水而死，到了這時候屍體也該漂到岸邊。如果是他殺，屍體同樣也該發現了。」

「如果她綁著重物，沉到泰晤士河底，那屍體就發現不了。」

「我看，那至少也能從萊姆豪斯[3]的某個地窖裡找到！看你說的，簡直就像女作家寫的恐怖小說。」

「我知道，我知道。說這種話，我真是感到羞愧！」

「你看是不是國際犯罪集團把她弄死的？」

白羅嘆息著。他說：「這類事我最近也聽說過。」

「聽誰說過？」

3 萊姆豪斯（Limehouse），倫敦東部的一個地區，位於泰晤士河北岸，該區有許多水手酒店。

「伊靈大街城堡花園路的雷金納．巴恩斯先生。」

「嗯，他可能知道，」傑派半信半疑地說，「他在內政部工作期間和國外打過交道。」

「你有不同的看法？」

「那不是我的管轄範圍。啊，沒錯，的確有這一類的事情。不過，他們的辦案績效實在不彰。」

白羅捻著鬍子，一時間出現了沉默。

傑派說：「我們另外獲得一些零星線索。她從印度回來時，與安布若提斯乘同一艘船。但是她在二等艙，他在一等艙。另外，薩伏飯店裡有個侍者認為，在他死前一個多星期，他和她在一起吃過午飯，但是我認為這都沒什麼不對勁。」

「這麼說，他們之間或許有什麼關係？」

「或許有吧，但是我覺得不太可能。一個參加婦女布道會的女人，不太會捲入什麼『怪交易』。」

「那安布若提斯有沒有捲入你說的『怪交易』？」

「有，他有過。他和我們中歐的一些朋友交往密切，搞的是間諜勾當。」

「你能肯定？」

「肯定。啊，他自己可不做任何骯髒事。我們沒辦法接近他，他的工作就是組織、收集情報。」傑派稍稍停頓一下又接著說：「但是，這並不能幫助我們了解森伯莉．西爾，她不可能從事那種工作。」

「別忘了，她曾經住在印度。去年那裡情勢很不穩定。」

「安布若提斯和這位森伯莉．西爾小姐——我覺得他們不是同夥。」

「森伯莉．西爾小姐是已故阿利斯泰．布倫特夫人的親密朋友，你知道嗎？」

「誰說的？我不相信，她們不屬於同一個階級。」

「是她說的。」

「她跟誰說的？」

「跟阿利斯泰．布倫特先生說的。」

「啊！這樣呀。他一定早就習慣這種事了。你的意思是說，安布若提斯在利用她？沒用的。布倫特會利用捐獻或贊助來擺脫她。他不會找她共度週末或者做類似的事情。他不至於那麼天真。」

這的確是事實，白羅也不得不承認。過了一兩分鐘以後，傑派就森伯莉．西爾的情況表示了總結性的意見：「我認為，她的屍體可能被某個瘋狂的科學家塞到麻藥櫃裡去了——這是小說喜歡用的方式！不過，你聽我的沒錯，這些事根本是無稽之談，虛構的。如果那女人真的死了，她的屍體一定是被偷偷埋到某個地方。」

「但是埋在什麼地方呢？」

「問題就在這裡。她在倫敦失蹤了，也沒看到哪裡在蓋花園，適合埋人的那種——一個孤立的養雞場，我們要找的應是那樣的地方！」

一個花園！白羅的腦裡猛然間閃現出伊靈大道上那個花床方整的花園。一個女人的屍體會埋葬在那種地方，這真荒唐！他告誡自己，可別胡思亂想。

「如果她沒有死，」傑派接著說，「那她在哪兒呢？一個月都過去了，她的報導已經刊登在報紙上，消息傳遍了整個英格蘭——」

「沒人見過她嗎？」

「啊，有呀。實際上，她是無人不曉！你根本不知道有多少面容憔悴的中年婦女都穿著橄欖綠的羊毛衫，在約克郡的荒原、利物浦的旅館、德文郡的賓館以及瑞斯蓋特的海灘上，到處都有人看過她！我派去的人花時間耐心調查這些線索，結果一無所獲，只是接觸了一些錯認的中年女士，她們全是令人尊敬的女人。」

白羅咂了咂嘴，深表同情。

「還有，」傑派接著說，「她還是個實實在在的人。我的意思是說，有時候你碰到的只是個幌子，比方說吧，有人來到一個地方安頓下來，化名為斯平克斯小姐，可是這位斯平克斯小姐壓根兒就不會露面。而這個女人卻實際存在，她有經歷，有背景！我們認識她，對她的一切，從孩提時代到現在的情況都瞭若指掌！她過的完全是一種實在的生活——可是卻突然間失蹤了！」

「一定有什麼原因。」白羅說。

「她並沒有開槍打死莫利，如果你是這個意思。安布若提斯親眼見到，她走了以後，莫利還活著。那天上午她離開夏洛特皇后大街以後的行動，我們都查過了。」

白羅不耐煩了，說：「我根本就不曾想到是她打死莫利。她當然沒有，但是——」

傑派說：「如果你對莫利的看法正確，那麼就有如下的可能：他曾經向她透露過一些事情，而這些事情就是找到凶手的線索，然而她對此並不知情。在這種情況下，她就有可能被除掉。」

白羅說：「將夏洛特皇后大街一個沒沒無聞的牙醫之死，與一個大組織的陰謀聯想在一起，這也太過牽強了吧！」

「雷金納．巴恩斯對你說的話，難道你都不相信？他可是識途老馬，對間諜和共產主義份子非常熟悉的。」

傑派站了起來，白羅說：「如果你有什麼消息就告訴我。」

傑派走了以後，白羅坐在那裡皺著眉頭，目光盯著眼前的桌子。

他有種期待著什麼的感覺。他期待什麼呢？

他還記得先前坐在那裡匆匆記下的各種事實以及一系列的人名。一隻鳥兒銜著一根小樹枝從窗前飛過。

他也是在採集樹枝。

五，六，撿樹枝。

他的樹枝已經收集了很多。這些樹枝全都存在他有條不紊的腦海裡，只是眼下他還不想理出頭緒來。「排整齊」是下一步的事。

他還在等什麼呢？他心中有數，他是在等某樣東西出現。

某樣注定、逃不掉的東西，某個聯繫的環節，一旦它出現了，那時……那時他就能夠繼續了……

§

一個星期以後的黃昏，事情終於有了進展。

電話裡傳來了傑派清晰的聲音：「是白羅嗎？我們找到她了。你最好過來一下，在巴特西公園，金利波山莊四十五號。」

十五分鐘後，白羅坐計程車來到了金利波山莊。

它是一片林立的公寓大樓，面對著巴特西公園。四十五號房間位於三樓。傑派親自開了房門。

他臉色沉重。

「進來吧，」他說，「這可不是什麼值得高興的事，不過我認為你會想親自看一看。」

白羅說——很難說他是在問問題：「死了嗎？」

「說死透了都成！」

白羅抬起頭，聽到右邊門裡有個突兀的聲音。

「那是門房，」傑派說，「在水槽裡吐昏了！我總得叫他來看看他是否認得出她吧。」

傑派帶路走過走廊，白羅跟在後面，直皺鼻子。

「是不大好聞，」傑派說，「可是你能指望什麼呢？她已經死了一個多月。」

他們進去的是一間小房間，裡面很凌亂，中間陳放著一只箱蓋開著的大鐵箱，像是一般用來保存皮革衣服的箱子。

白羅走上前朝裡面看。

他首先看到的是一隻腳，腳上套的鞋子很寒酸，鞋上有裝飾性的鞋釦。他還記得，他第一次看到森伯莉·西爾小姐的時候，首先映入眼簾的，也是一顆裝飾鞋釦。

他的目光從腳向上移動，掠過了綠毛衣外套，掠過了裙子，然後落在頭部。

他發出了含含糊糊的聲音。

傑派說：「我知道這樣子很可怕。」

死者的臉已毀得無從辨認，不僅如此，連身體也腐爛不堪，難怪他們倆離開時面孔都像陰沉沉的青豌豆。

「好啦，」傑派說，「這就是我們今天的工作——我們日常的工作。別懷疑，我們的工作有時就是如此不堪。那邊的房間裡有白蘭地，我們最好去喝一點。」

那客廳全是現代化裝潢，十分精美——大都是鍍鉻家具，幾張方形的安樂椅都很大，用纖維織物裝飾著，上面是淡褐色的幾何圖案。

白羅找到有玻璃塞的圓酒瓶，自個兒喝了白蘭地。喝過以後，他說：「真不妙！朋友，快跟我說，這究竟是怎麼回事？」

傑派說：「這棟公寓屬於艾伯特．查普曼夫人所有。據我所知，這位查普曼夫人金髮碧眼，四十多歲，是個生活講究又機靈的女人。她自己付租金，喜歡和鄰居玩橋牌，可是有點孤僻。她沒有孩子。查普曼先生經常在外跑業務。

「就在我們和森伯莉．西爾會見的那天傍晚，她來過這裡。時間大約在七點十五分。她可能從格倫戈里飯店直接到這兒。據門房說，她以前也來過一次。你看，這一切都很清楚，是一種友好的拜訪。門房帶著森伯莉．西爾小姐上了電梯，來到這間房子。他最後看到她的時候，她站在門口踏墊上按門鈴。」

白羅表示了自己的看法：「他倒有時間記住這樣的事！」

「他好像胃有毛病，曾住過醫院，住院期間有別人臨時替代他的工作。大約在一個星期以前，他從一張舊報紙上碰巧看到了尋人的告示，就對妻子說：『好像是那個來拜訪過三樓查普曼夫人的老小姐。她當時穿綠色毛衣，鞋子上也有裝飾鞋釦。』大概過了一個小時，他又想起來說：『名字好像是叫布尼米吧，或是叫什麼西爾小姐的！』

「之後，」傑派接著說，「由於對警方一向不信任，他不斷掙扎，大約過了四天，終於還是向我們提供了消息。我們以為，這樣的消息並沒有什麼作用。你不知道，這種謊報的消息我們收到過多少。但是，我仍然派貝多斯警佐去了，他是個聰明的小夥子，講究格調有點過了頭，但他也不得不這樣，這是流行。

「就這樣，貝多斯立刻就找到了疑點，我們順著這個疑點追查，終於有了一些進展。首先，這位查普曼夫人已有一個多月不見人影，她沒有留下任何交代就外出了，這件事有點蹊蹺。事實上，打聽下來，有關查普曼夫婦的情況令人覺得奇怪。

「他發現門房沒有看到森伯莉．西爾小姐離開。這並不奇怪，或許她只是選擇走樓梯，因此他沒看見。但是後來門房又說，查普曼夫人突然不告而別。因為第二天早上，她門外有一張醒目的便條，寫著：『不用牛奶。跟內莉說，我有事外出。』

「內莉是她家的幫傭。查普曼夫人以往也有一兩回突然外出，因此女傭不覺得有什麼不得了。奇怪的是，她沒有叫門房來幫她提行李或是叫計程車。

「貝多斯決定到她家裡去。我們取得了搜索票，從經理那裡弄到了鑰匙。並沒有查到什麼特別的東西，只是在浴室裡發現有匆忙清理的跡象。浴室地板的油氈布上有血跡——在沖洗地面時，拐角沒有洗到。接下來的問題就是要找到屍體。查普曼沒有帶著行李出門，否則的話，門房不會不知道，因此，屍體一定還在公寓裡。我們很快就注意到那只裝皮衣的鐵箱子密封著，你知道。鑰匙就在梳妝檯的抽屜裡。

「我們打開了箱子，失蹤的女人果然在裡面！看來活脫是個最新種的大型槲寄生枝[4]。」

白羅問道：「那查普曼夫人呢？」

「是啊，她怎麼樣了呢？希維亞是誰（順帶說一下，她的名字叫希維亞）？她是做什麼的呢？有一件事明確無疑：希維亞，或是希維亞的那些朋友，害死了西爾小姐，並且把她塞到箱子裡。」

白羅點了點頭。他問：「可是為什麼毀了她的臉？這可不夠厚道。」

「當然是不夠厚道！至於毀容的目的也只能猜測，或許只是一種懲罰行為，或許是想讓人們無法辨認。」

「但是，那並未讓人無法辨認。」

「是呀，因為梅布爾．森伯莉．西爾失蹤時所穿的衣服，報上已有詳細的描述，而且她的手提包也塞進了衣箱裡；手提包裡還有一封信，那是很早以前她住在羅素廣場旅館時別人寫給她的。」

白羅坐了下來，說：「但是那……那不合常理啊！」

「當然不合常理。我認為這是一種疏忽。」

「對，當然是一種疏忽。可是——」他站了起來。「房子全都查過了嗎？」

「全查過了，沒有發現什麼問題。」

「我想看一看查普曼夫人的臥室。」

「那好。」

臥室裡沒有任何匆忙出走的跡象，裡面乾淨而整齊。床上沒有人睡過，但床罩已翻開，有上床的準備。臥室裡到處都積了厚厚的灰塵。

傑派說：「到目前為止，我們沒有發現指紋。廚房的用品上倒是有一些，但我認為都是女傭的指印。」

4　槲寄生枝（Mistletoe Bough），屬於半寄生綠色植物，其小枝常用作聖誕節的裝飾。

「這表示，謀殺發生以後，這裡做了非常仔細的清理？」

「的確。」

白羅緩緩環視了臥室一遍。如同起居室一樣，這裡也是現代化的裝潢。他認為，從設備上看，設計這種裝潢的人收入都相當可觀。臥室的家具價格不便宜，但並不是極為貴重，看上去很華美，卻不是第一流的。整體色調是玫瑰粉色。他朝衣櫃裡看看那些衣服，衣服都很時髦，但同樣不是第一流的。他的目光落在鞋子上，大都是流行的便鞋，有些還加了軟木鞋底。他把一隻鞋拿在手裡，打量一下，發現查普曼夫人穿的是五號鞋。他把鞋子放下。在另一個衣櫃裡，他發現一大堆毛皮大衣堆放在那兒。

傑派說：「從鐵箱裡取出來的。」

白羅點點頭。他取出一件灰色松鼠皮大衣，頗為讚賞地說：「高級毛皮。」

他來到了浴室。裡面的化妝品應有盡有。白羅很有興致地一一打量。香粉、口紅、雪花膏、護膚油，還有兩瓶染髮劑。

傑派說：「看來，她並不是天生的金髮美女。」

白羅喃喃地說：「老兄，四十歲的女人，大多數頭髮也要開始泛白了，只是查普曼夫人卻是個不服老的女人。」

「現在她的頭髮可能變了，變成棕紅。」

「很難說。」

傑派說：「白羅，你好像有什麼疑慮。你在疑慮什麼？」

白羅回答：「可不是，我是有疑慮，而且疑慮重重。你看，這裡有個令我不解的問題。」

他再次來到了陳放大鐵箱的房間……

他從女屍的腳上拿起了鞋，想脫下來，結果費了好大的勁才脫下。

他檢查了鞋釦。那是手工縫上的，做工很粗糙。

赫丘勒．白羅嘆了口氣。他說：「這正是我夢寐以求的！」

傑派好奇地問：「你在幹什麼——想讓事情更加棘手嗎？」

「正是。」

傑派說：「一隻精巧的皮鞋，以鞋釦裝飾，這難道有什麼不對？」

赫丘勒．白羅說：「沒有什麼不對，沒有什麼不對。不過，儘管如此，我還是沒有辦法理解。」

§

根據門房的說詞，住在金利波山莊八十二號的默頓夫人，是查普曼夫人在大樓裡最親近的朋友。

因此，傑派和白羅下一個目標便是前往八十二號住戶。

默頓夫人是個嘮叨的女人，有一雙豁朗的烏黑眼睛，髮型很講究。

不用費力就可以叫她開口，她隨時都能製造一種戲劇性的談話氛圍。

「希維亞．查普曼，啊，我當然說不上非常了解她，也就是說，不十分密切。我們偶爾在晚上會打幾回橋牌、一塊兒看電影，當然有時候一起買東西。啊，快告訴我，她不會死了吧，是不是？」

傑派撫慰了她。她說：「那就好，聽你這麼說真是感激不盡！不過，剛才郵差卻是十分興奮的樣子，說我們這裡有間房子裡發現了一具屍體。但是現在人們聽到消息通常是半信半疑，不是嗎？我根本就不信。」

傑派又問了個問題。她回答：「沒有，我對查普曼夫人的事一點也不清楚。我們說過下個禮拜要去看琴吉．羅傑斯[5]和佛雷．亞斯坦[6]合演的影片，從那以後，我就沒有聽過她的消息。當時她根本就沒有提到她要出遠門的事。」

至於那個叫森伯莉．西爾小姐的人，默頓夫人從來沒聽過；查普曼夫人也沒有提過那個名字。

「不過，你們知道，這個名字我有點耳熟，非常熟悉。似乎最近在什麼地方見到過，經常見到。」

傑派乾巴巴地說：「幾個星期以來，所有的報紙大概都提過——」

「這就難怪了，是某個失蹤的人，是不是？你們以為查普曼夫人可能認識她？沒有，我確定沒聽希維亞提過那個名字。」

「默頓夫人，能不能和我們說一說查普曼先生？」

默頓夫人面帶好奇的神色說：「根據查普曼夫人的說法，我知道他因業務關係經常在外，為公司到國外出差。我想是軍火交易的事。他的業務範圍遍及整個歐洲。」

「你見過他嗎？」

「沒有，從來沒有見過。他極少回家，一旦回到家裡，他和查普曼夫人就不想被外人打擾。這是非常自然的事。」

「查普曼夫人有什麼近親或朋友嗎？」

「我不知道她還有什麼朋友，我也覺得她沒有任何近親，她從來沒提到過。」

5　琴吉．羅傑斯（Ginger Rogers），美國舞台及電影的舞蹈家和女演員。

6　佛雷．亞斯坦（Fred Astaire），美國著名舞台和電影舞蹈家。他與琴吉．羅傑斯合作拍了許多歌舞片，廣受歡迎。

「她在印度待過嗎？」
「沒聽說過。」默頓夫人稍停一會兒，又突然說：「請告訴我，你們為什麼要問這些問題？我知道你們蘇格蘭警場掌管的事，但是你們一定還有某種特別的理由吧？」
「這一點，默頓夫人，到時候你一定會明白的。事實是，查普曼夫人的房子裡有一具屍體。」
「啊——」默頓夫人一時之間就像狗一般，眼睛瞪得如盤子那麼圓。
「一具屍體？不會是查普曼先生吧，是不是？還是個外國人？」
傑派說：「不是男人，是具女屍。」
「一具女屍！」默頓夫人似乎更為驚訝了。
白羅輕聲問：「你為什麼會以為是男人的屍體呢？」
「啊，說不上來，好像這種事發生在男人身上多些。」
「是不是因為查普曼夫人喜歡接待男客呢？」
「啊，不是，真的不是，」默頓夫人憤慨了，「我絕沒有那種意思。希維亞・查普曼不是那種女人，絕對不是！只不過，查普曼先生……我是說——」她停住不說了。
白羅說：「夫人，我認為你知道的比你跟我們說的還要多。」
默頓夫人猶豫不決地說：「我不知道，我的確不知道該怎麼做！我是說，我不想出賣朋友；希維亞對我說過的話，我從來不曾對外說，只是在一兩個熟人面前提過，我知道他們完全守口如瓶。」默頓夫人欠了欠身子，壓低了聲音說：「那是有一天，她不經意說漏的。當時我們正在看電影，是一部關於特務組織的片子。查普曼夫人說，可以看得出來，編寫電影的人並不了解特務組織的情況；接著她說出了真相，但是要我發誓保密。我的意思是說，查普曼先生在為特務組織工作，就因為這樣，他經常到國外去，軍火公司不過是一個幌子。查普曼夫人惶惶不可終日，因為她既不能寫信給他，又收不到他的信。而且這種工作實在太危險了！」

§

他們下了樓梯，再返回四十二號公寓時，傑派突然感慨地說：「就像走進了菲利普斯·奧本海姆[7]所寫的迷宮中，我想我要發瘋了！」

那個機靈而年輕的貝多斯警佐在等他們。

7　菲利普斯·奧本海姆（Phillips Oppenheim, 1866-1944），英國小說家，作品多以國際間諜和陰謀為主題。

他恭敬地說：「長官，從女傭那裡沒有得到有用的線索。看來查普曼夫人換女傭非常頻繁，這位女傭才替她做了一兩個月的事。她說，查普曼夫人人很好，喜歡聽收音機，聽令人愉快的演說。女傭認為，她丈夫在欺騙她，而查普曼夫人從不懷疑。這段時間她有收到國外的來信，有一封從德國寄的、兩封寄自美國、一封寄自義大利、一封寄自俄國。女傭的男朋友集郵，查普曼夫人常常把信上的郵票給她。」

「在查普曼夫人的文件裡有些什麼？」

「長官，沒有什麼。她保留的文件並不是很多，有幾份帳單和收據，都是當地消費的，還有幾份很舊的戲劇節目單、一兩份從報紙上剪下的烹調食譜，以及一份印度婦女布道會的小冊子。」

「我們可以猜到，是誰把小冊子帶到這裡。她似乎不像殺人凶手，是不是？不過這也只是從表面上看。無論怎麼說，她也擺脫不了幫凶的嫌疑。那天晚上有沒有見到陌生人？門房什麼也記不起來，而且我覺得他現在也想不起來。畢竟那裡住戶很多，總是有人進進出出。他只記得森伯莉・西爾小姐來訪的日期，因為第二天他就被送進了醫院；實際上那天晚上他的情緒很不好。」

「別的住戶有沒有聽到什麼？」

年輕人搖了搖頭。

「我曾經向樓上和樓下的住戶打聽過，沒有人聽到什麼異常動靜。我想，樓上樓下兩家的收音機都是開著的。」

管區的法醫本來在浴室洗手，這時走了出來。他神采奕奕地說：「屍體簡直臭不可聞，你們看好了我就把她運走，我需要再徹底地檢查。」

「大夫，關於死因你有沒有什麼看法？」

「不解剖屍體根本不可能找出死因。我認為，毀容是在死後弄的。等把她送到停屍間以後，我就會知道得更清楚了。中年女人，身體很結實，頭髮根部灰白，但染成了碧髮。身上可能有些特殊的標記；要是沒有，辨認起來就相當困難了。啊，你們知道她是什麼人嗎？大人物還是什麼？還是那個讓人們大驚小怪的失蹤女人？你們知道，我從來不看報紙，只做報紙上的填字遊戲。」

傑派在法醫走出去時，尖酸地說：「這是人盡皆知的事！」

白羅的目光在桌子上搜索。他拾起了一本棕色通訊簿。

從來不知疲倦的貝多斯說：「那裡面沒什麼特別的東西，大都是理髮師、裁縫等人的地址。私交的人名和地址我已經記錄下來了。」

白羅打開通訊簿，翻到字母D那一頁。

他看到「戴維斯大夫，艾伯特王子路十七號；德萊克和龐貝納蒂，魚販」，下面一行是

「牙醫莫利先生，夏洛特皇后大街五十八號」。

白羅的眼睛閃爍著活潑的光彩。他說：「我覺得，辨認屍體不會有困難了。」

傑派好奇地望著他，問：「真的嗎？你不是——」

白羅回答得非常堅決：「我想證實一下。」

§

莫利小姐已經搬到了鄉下，住在赫特福德附近的鄉間小農舍。

這位女擲彈手熱情地接待了白羅。自從弟弟死了以後，她的表情變得有些嚴肅，舉止更顯端莊，對待生活的態度益加不屈不撓。對於詢問中有損於她弟弟職業名聲的事情，她十分厭惡。

她有理由相信，白羅跟她一樣認為驗屍官查驗的自殺結論並不正確。這位擲彈手對這結果並不滿意。

對於白羅的問題，她應答自如。莫利先生所有業務上的文件都由芮薇爾小姐仔細歸檔，並親手交給了莫利先生的繼任醫師。莫利先生先前的病人，有的已轉向賴利先生就醫，有的接受了新任醫師，還有的轉去別處就醫了。

莫利小姐把自己了解的情況說出以後，問他們說：「這麼說，你們已經發現了亨利的那個女病人——森伯莉小姐，她也被謀殺了？」

「也」字說得有點挑釁，她說那個字的時候，特別加重了語氣。

白羅說：「你弟弟從來沒跟你提過森伯莉小姐嗎？」

「沒有，我想不起來他提起過。如果他有什麼特別難搞的病人，他會告訴我；要是有病人說什麼有趣的話，也會轉述給我聽。不過，我們一般不大談他的工作問題。一天工作結束了，他樂得擱在一旁。有時候他很疲倦。」

「在你弟弟的病人當中，你有沒有聽說一個叫查普曼夫人的人？」

「查普曼？沒有，我想我沒聽說過。關於這些事，芮薇爾小姐倒可以幫上忙。」

「我很想與她聯繫，她現在在哪兒？」

「我想，她在瑞斯蓋特的一位牙醫那裡找到工作。」

「她還沒有和那個年輕人弗蘭克．卡特結婚嗎？」

「沒有，我倒希望他們永遠不要結婚。白羅先生，我不喜歡那個年輕人，真的不喜歡。他有點不對勁，我覺得他缺乏道德意識。」

白羅問：「你是不是認為，他有可能槍殺了你弟弟？」

莫利小姐回答得很緩慢：「我的確有那種感覺，他有可能做出那種事，他一發脾氣就很難收拾。但是，我看不出他有什麼動機，也沒有做案的機會。你知道，亨利勸格拉蒂斯放棄他，但並沒有勸成。她仍然愛著他，一片真心。」

「你看，他會不會受到賄賂？」

「受到賄賂？有人賄賂他去害我弟弟？你這個想法真是太奇怪了！」

這時候，一位很標緻的黑髮女孩送了茶水進來。等她出去帶上門以後，白羅說：「剛剛那位小姐曾和你一起待在倫敦，是不是？」

「艾格尼絲？是的，她幫忙處理家務事。我讓廚子走了，因為她說什麼也不肯來鄉下，現在什麼事都由艾格尼絲幫我做。結果呢，她還成了一個很了不起的小廚師呢。」

白羅點點頭。

他對夏洛特皇后大街五十八號的房間格局瞭若指掌，在悲劇發生後這段時間，他們徹底察看過室內的格局。莫利先生和他姐姐各住頂樓的兩層。地下室一直都封鎖著，只有一條很窄的通道通向後院；後院則有一個高達天花板的鐵籠，存放著貨物，那裡還安裝了通話管。因此，家裡只有一道大門可出入，來往人員的進出都由艾非德伺候。警察據此可以肯定，在發生事情的那個上午，不會有外人進屋。

廚師和女傭跟著莫利姐弟已有多年，她們人品很好。從理論上說，廚師和女傭都有可能溜到二樓，打死她們的主人，但是這種可能性從沒被認真考慮過。她們倆顯然都沒有受到審問的干擾，也沒有任何理由把她們與主人的死亡聯繫起來。

但當白羅要離開、艾格尼絲把帽子和手杖遞給他的時候，她卻有點緊張，突然提出了一個不尋常的問題：「先生，主人死亡這件事，有沒有人提供更多消息？」

白羅轉頭看著她，說：「沒有什麼新的情況。」

「他們仍然判定他是因為用錯藥物而自殺？」

「沒錯。你怎麼問這樣的問題？」

艾格尼絲在揉圍裙，臉轉向一邊，說起話來相當含糊。她說：「女——女主人並不那麼認為。」

「而你同意她的看法？」

「我？啊，先生，我什麼也不知道。我只是……只是想確定一下。」

赫丘勒．白羅極其柔和地問道：「如果可以弄明白他的確是自殺的，你就會感到安慰一點？」

「啊，是的，先生，」艾格尼絲回答得很迅速。「那的確是一種安慰。」

「或許有什麼特別的理由吧？」

她吃驚的目光和他的碰在一起，身子也稍稍往後縮。

「先生，我……我什麼也不知道，我只不過是問一問而已。」

可是她為什麼要問呢？赫丘勒．白羅在往門口走的時候問自己。

他覺得這個問題應該有一個答案，但是他還猜不出是什麼。

不管怎麼說，他覺得又前進了一步。

§

白羅回到自己的寓所時，有一個意外的客人在等他，令他吃了一驚。

來人一眼看去是個禿頭，腦袋露在椅背上。矮小而整潔的巴恩斯先生這時候已經站了起來。

他一如平時那樣，目光閃爍，言簡意賅地表示了歉意。

他解釋說，他到這裡來是對赫丘勒．白羅先生的回訪。

白羅說，見到巴恩斯先生他非常高興。

那就叫喬治煮咖啡好嗎？除非你較喜歡喝茶或威士忌加蘇打。

「咖啡很好，」巴恩斯先生說，「我想，你的僕人一定很會煮咖啡，大多數英國僕人對此都很外行。」

在禮貌地交談幾句以後，巴恩斯先生咳嗽幾聲，說道：「白羅先生，我就有話直說。我到這裡來完全是出於好奇。我想，這樁頗為蹊蹺的案子，你大概已經掌握了一切詳情。我從報紙上看到，那個失蹤的森伯莉·西爾小姐已經找到，也驗過屍，並且正在尋找進一步的證據。據說，死因是服藥過量。」

「完全正確。」白羅說。稍停片刻以後，他又問：「巴恩斯先生，你聽說過艾伯特·查普曼吧？」

「啊，就是森伯莉·西爾小姐陳屍所在的屋主的丈夫？他似乎是個神祕人物。」

「不過，他恐怕不會不存在吧？」

「啊，不，」巴恩斯先生說，「他是存在的。啊，他存在——或者說他曾經存在過。我聽說他死了，可是你不能聽信這些謠傳。」

「巴恩斯先生，他是什麼人？」

「我認為，他們那邊不會講的，即使知道也不會講。他們只會說，他在軍火公司工作，經常出差。」

「他是不是在間諜組織工作？」

「當然是，不過他不好把這情況告訴妻子。其實，他結婚以後就不該繼續工作，如果你真要做個祕密情報人員，一般是不會結婚的。」

「艾伯特·查普曼真是個情報人員？」

「是的。他的代號是QX九一二，大家都知道。這行很少人用名字。啊，我並不是說QX九一二有什麼特別重要的。他是那種不起眼的人，這類人的面孔不容易讓人記住，但常派得上用場。他多次當信差，在歐洲到處走動，你知道這一類的事。曾經有一封很重要的信由我們在魯里坦尼亞[8]的大使送出，裡面有祕密情報，就是由QX九一二經手——也就是由艾伯特．查普曼先生經手。」

「這麼說，他了解很多重要情報？」

「他可能一點也不知道，」巴恩斯先生興致勃勃地說，「他的工作不過就是在火車、輪船、飛機這些交通工具間跑上跑下，他只不過被告知要到哪兒去、為什麼去！」

「你聽說他已經死了？」

「是聽說過，」巴恩斯先生說，「不過聽到的話也不能全信，我就從來不信。」

白羅仔細看著巴恩斯先生問：「照你看，他妻子會出什麼事？」

「無法想像。」巴恩斯先生回答。他睜著骨碌碌轉的眼睛看著白羅：「你能嗎？」

白羅說：「我有個看法——」他停住，接著又慢吞吞地說：「不過還沒整理清楚。」

巴恩斯先生關切地問：「是不是有什麼不尋常的事讓你不解？」

赫丘勒．白羅慢條斯理地回答：「是的，我親眼目睹的證據……」

§

傑派來到白羅的起居室，把圓頂硬禮帽「砰」的一聲砸在桌子上，用力之猛連桌子都在晃動。

他說：「你究竟怎麼回事，怎麼會這麼想？」

「我的好傑派，我不知道你在說什麼。」

傑派說得很慢，而且字字有力：「你怎麼會以為那不是森伯莉·西爾小姐的屍體？」

白羅心事重重地說：「使我困擾的是那張臉。為什麼要把死人的臉弄得面目全非？」

傑派說：「真沒想到！我真希望老莫利要是還在什麼地方就好了，他一定會知道是不是她。很有可能人家就是故意把他除掉，這樣他就不能提供證據了。」

「如果他能親自作證，當然會好些。」

「萊瑟蘭也可以檢查，他是接替莫利的牙醫，是非常能幹、有禮的人，由他來提證據不會有誤失。」

8　魯里坦尼亞是英國小說家安東尼·霍普（Anthony Hope, 1863-1933）所著的小說《曾達的囚犯》（*The Prisoner of Zenda*）中一個虛構國名，亦稱浪漫國。

第二天，各家晚報都報導了這個轟動的消息。在巴特西發現的屍體原先以為是森伯莉．西爾小姐，經過辨認是艾伯特．查普曼夫人。

夏洛特皇后大街五十八號的萊瑟蘭先生，根據屍體牙齒和下巴的特徵，毫不猶豫地指出那是查普曼夫人。在已故莫利先生的病歷檔案裡，有查普曼夫人看牙的記錄。

屍體上穿的是森伯莉．西爾小姐的衣服，她的手提包也掛在屍體上——可是，森伯莉．西爾小姐本人在哪裡呢？

05 九，十，肥母雞

這次調查結束以後，傑派神采飛揚地對白羅說：「這件事幹得很漂亮，真是轟動！」

白羅點點頭。

「你最早看出真相。」傑派說，「不過，你知道，先前對那具屍體的身分，我自己也深感疑惑。無論怎麼說，把死人的臉和頭毀得不像樣，不能說沒有原因。做那種事很糟，很不愉快，擺明了一定有什麼原因。而原因只有一種——假造死者身分。」他還大方地補充說：「不過，我還是無法馬上想到那具屍體是另外一個女人。」

白羅面帶微笑說：「可是，我的朋友，這兩個女人並非沒有共同之處。沒錯，查普曼夫人是很時髦，長得很標致，打扮得體、時髦；森伯莉．西爾小姐比較邋遢，也不塗脂抹粉。但她們的基本特點是相同的，兩個女人都是四十幾歲，身高和體型也大致相似；兩個人的頭髮都灰白，而且都染了髮，看上去像是金髮。」

「對，你說的這些當然是相同的。有件事我們不得不承認：我們都覺得梅布爾是正派善良的人。我敢發誓，她是個誠懇的人。」

「不過，我的朋友，說她是誠懇的人，那是指過去。我們只知道她過去的歷史。」

「我們以前並不知道她有能力殺人——而現在她似乎做了。希維亞沒有謀殺梅布爾；是梅布爾謀殺了希維亞。」

赫丘勒．白羅搖著頭，一副憂心忡忡的樣子。他仍然難以相信梅布爾．森伯莉．西爾會殺人。不過，他的耳畔回響著巴恩斯先生那深富諷刺意味的輕聲話語：「注意那些看似沒問題的人……」

梅布爾．森伯莉．西爾是看來絕無問題的人。

傑派語氣強烈地說：「白羅，這件案子我要窮追到底，那個女人要想欺騙我，可沒那麼容易。」

§

第二天，傑派撥了電話來，語氣怪異。

他說：「白羅，想聽聽最新消息嗎？不辦了，我的夥伴，不辦了！」

「你說什麼？電話聽來不怎麼清楚。你說些什麼我聽不——」

「事情不辦了。不——辦——了。到此為止！坐著閒得無聊！」

毫無疑問，那話中夾著譏諷。白羅很驚訝。

「什麼不辦了？」

「這整個令人討厭的事不辦了！大聲嚷嚷的事！滿城風雨的事！一大堆陰謀的事！」

「可是我仍然不明白。」

「那好，你聽著，認真聽著，因為我不太會罵人。你知道我們那個調查吧？你知道我們正在全國搜尋一個偽善者吧？」

「知道，知道，完全知道。我很明白。」

「那好，叫我們不用查了。要我們閉嘴，別聲張。現在你明白這個意思了嗎？」

「明白，明白。可是為什麼？」

「可惡的外交部下的命令。」

「這不是很反常嗎？」

「是啊，但這樣的事的確又發生了。」

「他們為何這麼厚待西爾——那位偽善者？」

「並非如此，他們根本沒把她當一回事，是怕公眾輿論。如果把她帶上法庭，審問很可能會引出A．C夫人的事。那可是說不得的部分。我猜，大概是那個討厭的丈夫A．C先生——知道我指誰吧？」

「知道，知道。」

「我猜，他待在國外某個事涉敏感的地方。他們怕破壞他的計畫。」

「嗄！」

「你說什麼？」

「沒什麼，我不過表示一下惱火而已！」

「啊，原來是這樣，我還以為你得了感冒呢。就是惱火，要是我的話，用的字眼還會更強烈些。讓那個女人全身而退簡直令人憤怒。」

白羅輕聲地說：「她逃不了的。」

「我告訴你，我們的手被綁住了。」

「那是你們，我的手可沒有！」

「說得好，我的好白羅！這麼說你要繼續調查？」

「當然，至死方休！」

「那好，老小子，可別讓這事把你害死！如果這事繼續進行下去，可能有人會寄給你一隻毒蜘蛛！」

白羅放下話筒，自言自語：「看，我怎麼用了『至死方休』這種戲劇性的字眼呢？真是荒唐至極！」

§

傍晚時分，郵差送來一封信。信中除了簽名以外，全是用打字機打的。

親愛的白羅先生：

如果你明天能夠來訪，我將不勝感激。我可能要派給你一個任務。建議你在十二點半到我切爾西的家中。如果你不方便，請打個電話給我的祕書好嗎？寫這麼簡短的便條給你，實在深感抱歉。

你忠實的　阿利斯泰·布倫特

9　即艾伯特·查普曼姓名的第一個字母。

白羅把信舒展開，又讀了一遍。這時電話鈴響了。

赫丘勒．白羅有時候喜歡想像，他能憑著電話鈴的響聲，就知道是不是緊急的情況。這一回他立刻就斷定這通電話非比尋常。不是撥錯號碼，也不是朋友打來的。

他站起身，拿起話筒。他用外國話打招呼，彬彬有禮：「Allo[10]？」

一個冷漠的聲音說：「請問，你這電話號碼是多少？」

「這是白廳七二七二號。」

對方停頓一下，然後喀噠一聲，接著又聽到說話聲，是一個女人的聲音。

「是白羅先生嗎？」

「是我。」

「赫丘勒．白羅先生？」

「沒錯。」

「白羅先生，你應該已經收到——或者很快就會收到一封信。」

「你是誰？」

「你沒有必要知道。」

「那好，這位女士，今天晚上我已經收到了八封信，還收到了三份帳單。」

「你明白我指的是哪一封信。白羅先生，你應會明智地拒絕那份任務。」

「夫人，這事我會自己做決定。」

對方的語氣很冷淡：「白羅先生，我警告你，對於你的干預我們不能再容忍下去了。這件事不用你插手。」

「如果我不撤手呢？」

「那我們一定會採取行動，讓你的干預不再危害……」

「女士，這是威脅！」

「我們只是要你放理智一點，這也是為了你好。」

「你說得倒很高尚！」

「你改變不了事情的發展，也改變不了既定的安排。希望你不要介入與你無關的事。明白嗎？」

「啊，是的，我明白。不過我所關心的是莫利先生的死亡。」

女人的聲音很嚴厲：「莫利的死只不過是一件小事，他干擾了我們的計畫。」

「女士，他是一條生命，死得過早了。」

10　法語，意思是「喂？」。

「他微不足道。」

白羅冷靜的聲音飽含挑釁：「那你就錯了……」

「錯的是他自己，他不上道。」

「我也不上道。」

「那你就是個笨蛋。」

只聽到對方咯噠一聲，掛上了話筒。

白羅說了聲「喂」，接著也放下了話筒。他沒有費心去找接線生查問對方的電話號碼。他非常清楚，對方是在公用電話亭裡打的。

他感到好奇而又困惑的是，他覺得他曾在什麼地方聽過那個聲音。他絞盡腦汁，想把遺忘的往事再回憶起來。那是不是森伯莉．西爾小姐的聲音？

他記得梅布爾．森伯莉．西爾的嗓門很高，而且有點裝模作樣，相當咬文嚼字。這電話裡的聲音完全不是那樣，不過，森伯莉．西爾小姐可能變換了腔調。她過去畢竟當過演員，改變一下腔調大概也是輕而易舉的事，從音質上看，那聲音與他記憶中的聲音應該沒有什麼不同。

但是，他對這樣的解釋也不滿意。不對，他想起來了，那是另外一個人的聲音。他對那個聲音並不是很熟悉，不過他確定自己以前聽到過這種聲音；如果沒有聽到兩次，至少也聽過一次。

他感到不解的是，這人為什麼要打電話威脅他？這些人真的以為，威脅就可以阻止他的行動？他們顯然是這樣想的。真不了解人性！

§

早報上有條轟動的新聞。昨天晚上，首相和一位朋友離開唐寧街十號[11]時，有人對首相開槍射擊，幸好子彈沒擊中。開槍的印度人已被拘留。

白羅看了這則消息以後，便搭計程車到了蘇格蘭警場。他被帶到傑派的辦公室，後者熱情地接待了他。

「啊，是報紙新聞把你帶到這兒來了。報導裡有沒有提到，跟首相在一起的『朋友』是誰？」

「沒有。那是誰？」

11　英國首相官邸。

「阿利斯泰・布倫特。」

「是嗎？」

「還有，」傑派接著說，「我們完全有理由相信，子彈是想打布倫特，而不是對準首相。要不是兇手的槍法實在太糟，布倫特早已中彈了！」

「兇手是誰？」

「是個瘋狂的印度學生，那種沒大腦的。但他是受了指使，並不完全是自己的主意。」傑派補充說：「抓他也是輕而易舉的事。你知道，唐寧街十號那裡總有一些人在窺探。開槍的時候，一個年輕的美國人抓住了一個長鬍子的小個子。他把那人牢牢抓住以後，就向警察大叫他逮住兇手了。同時那個印度人正在悄悄逃跑，但是我們的人立刻逮住了他。」

「那個美國人是誰？」白羅好奇地問。

「是個年輕人，叫雷斯。怎麼——」他突然停下來，盯著白羅，「怎麼回事？」

白羅說：「霍華・雷斯，住在霍爾本王宮飯店？」

「對。怎麼……原來是他！怪不得我覺得那名字挺熟的，他就是莫利自殺那天早上跑掉的那個病人……」他停下來，接著緩慢地說：「奇怪——怎麼老問題又回來了。白羅，你是不是還堅持你的看法？」

赫丘勒・白羅嚴肅地回答：「對，我仍然堅持我的看法……」

§

祕書在哥德居裡接待了白羅。他是個年輕人，身材高大，腳有點跛，但在社交場合下風度翩翩。

他很爽朗地表示了歉意：「白羅先生，真對不起，布倫特先生也深感抱歉。他被召喚去唐寧街了。是因為昨天晚上的意外事故。我打了電話給你，可是你已經出門了。」年輕人接著很快地往下說：「布倫特先生吩咐我請問你，能不能在他肯特郡的家中和他一起度週末。你知道，就在埃克聖。如果你同意，他明天晚上就派車去接你。」

白羅猶豫著。

年輕人慫恿著說：「布倫特先生真的很想見見你。」

赫丘勒．白羅點了點頭。他說：「謝謝，我接受他的邀請。」

「太好了！布倫特先生一定會很高興。要是在六點十五分去接你，是不是……啊，奧利弗拉夫人，早安。」

珍．奧利弗拉的母親剛好這時候走了進來。她一身漂亮的服裝，髮型極為考究，帽子戴在頭中間，緊貼著一側的眼眉。

「啊！塞爾比先生，花園中那些椅子，布倫特先生是不是有吩咐你處理？昨天晚上我就想跟他談一談此事，因為我知道他就要去度週末，而且──」

奧利弗拉夫人看著白羅，不說話了。

「白羅先生，你認識奧利弗拉夫人嗎？」

「我們以前見過，很高興見到你。」

白羅鞠躬致意。

奧利弗拉夫人茫然地說：「啊，你好。塞爾比先生，我當然知道阿利斯泰先生非常忙，這些家務瑣事在他看來並沒什麼大不了──」

「奧利弗拉夫人，的確是這樣。」能幹的塞爾比先生說，「這件事他跟我說過，我已經打電話給迪弗斯先生。」

「那好啊，我也就放心了。塞爾比先生，能不能告訴我……」

奧利弗拉夫人接著就嘮叨不停了。白羅心想，她實在很像隻母雞，一隻又大又肥的母雞！奧利弗拉夫人還在嘮叨，喧鬧了一陣子以後便趾高氣揚地往門口走。

「你是否確定，這個週末只是我們自己家人在一起？」她問。

塞爾比先生咳嗽著：「嗯，白羅先生也會跟我們一起去度週末。」

奧利弗拉夫人停住腳步，轉過身來打量著白羅，臉上明顯是厭惡的表情。

「真是這樣嗎？」

白羅說話了：「布倫特先生一番好意邀請了我。」

「啊，奇怪，阿利斯泰真是太奇怪了。白羅先生，請原諒。可是布倫特先生還特別跟我說，他想度過一個平靜的家族假日！」

塞爾比說得很堅決：「布倫特先生特別邀請了白羅先生。」

「啊，是嗎？他怎麼沒跟我提過？」

門打開了，珍站在門口，不耐煩地說：「媽，你還不走嗎？我們的飯局約在一點十五分呢！」

「就走了，珍，別煩嘛。」

「好了，快走吧，行行好——白羅先生，你好。」

她突然站著不動，像是凝固在那兒，面帶怒容，目光小心謹慎。

奧利弗拉夫人冷冰冰地說：「白羅先生要和我們去埃克聖度週末。」

「哦，我知道了。」

珍．奧利弗拉退到後面，讓她母親從身邊走過。她正要跟在母親後面走，卻又突然轉過身來。

「白羅先生！」

那聲音顯得很急躁。

白羅走了過去。

她小聲地說：「你要去埃克聖嗎？為什麼？」

白羅聳聳肩說：「這是你姨公的一番好意。」

珍說：「可是他不可能知道……他不可能……他什麼時候邀請你的？他沒有必要——」

「珍！」

母親在大廳裡喊她。

珍說得很輕、很急切：「別去，請你別去！」

她走了。白羅聽到她們爭吵的聲音，奧利弗拉夫人大著嗓門在抱怨，咯咯咯地像隻母雞般在叫：「珍，你這麼無禮，我簡直不能容忍……我一定要想個辦法治治你，看你還敢不敢干預——」

祕書說：「白羅先生，就說定明天六點出頭去接你囉？」

白羅機械地點了點頭，表示同意。他站在那兒，好像看到了鬼一樣。但是，使他受到震驚的不是他親眼所見，而是親耳聽到的聲音。

從敞開的大門飄來的兩句話，和他昨天晚上在電話裡聽到的聲音何其相似！他現在明白為什麼那聲音聽起來有點耳熟。

走到外面的陽光下，他茫然地搖了搖頭。

奧利弗拉夫人？

不可能！昨天晚上打電話來的那個人不可能是奧利弗拉夫人！那個頭腦簡單、熱愛交際的女人？那個自私自利、糊里糊塗、貪得無厭、以自我為中心的女人？剛才自己是怎麼稱呼她的呢？

「一隻又大又肥的母雞？真可笑！」赫丘勒·白羅說。

他認為，他的耳朵一定出了差錯。然而……

§

白羅在快六點的時候坐上了羅爾斯轎車。同車的是阿利斯泰·布倫特和他的祕書，奧利弗拉夫人和珍則似乎乘坐另一輛車提前出發了。

路途中相當平靜，布倫特話語不多，談的大都是花園以及最近舉行的園藝展。

白羅對他前天幸免於難表示慶幸，而布倫特對此不以為然。他說：「啊，那種事！可別以為那個傢伙是要對我開槍。不論怎麼說，那個蹩腳的小夥子根本就不懂得怎麼瞄準！不過是個昏頭昏腦的學生。學生本身並沒什麼歹惡的念頭，他們只是衝動行事，以為只要把首相打死就可能改變歷史。真是可悲啊！」

「是不是還有別的企圖，例如要殺掉你？」

「說起來實在太戲劇化了，」布倫特眨了眨眼說，「前不久，有人寄給我一顆炸彈，那顆炸彈根本沒爆炸。你知道，這些傢伙連顆能用的炸彈都做不出來，就想管理世界！他們這樣成得了什麼氣候？」

他連連搖頭。

「每次都是這種長頭髮、思慮不清的理想主義者，他們頭腦裡連一點實際的東西也沒有。我不是個聰明人，從來不是，但是我能寫會讀，還懂算術。你明白我的意思嗎？」

「我認為我明白，但是請進一步解釋一下。」

「那就是說，我要是看到用英語寫的東西，我便能理解意思——我不是指什麼毫無邊際、空洞或是哲學的東西，我說的是平鋪直敘的英文——而大多數人卻看不懂！如果我想寫些什麼，我就把自己的意思寫下來；但我發現真的有許多人連這一點也做不到！我也懂得算術。如果瓊斯有八根香蕉，布朗從他那裡拿走十根，瓊斯還有幾根？有許多人非得假裝一定有個簡單的答案。他們不肯承認，首先布朗要拿到十根香蕉是不可能的事；另外，也不可能剩下任何香蕉了！」

「他們寧可在答案上耍騙人的把戲？」

「正是。政客們就是那麼壞。但是，我一向只把握簡單的常識，你知道，那才是無堅不摧的。」

他多少有點不自在地哈哈笑，補充說：「我不該老是三句話不離本行，這個習慣不好。另外，我離開倫敦時，總希望把正事拋在一邊。白羅先生，我一直等著聽聽你的經歷。我看過許多謀殺和偵探小說，你看這些小說寫的跟現實生活是不是一樣？」

旅途中剩下的時間，談話集中在赫丘勒．白羅過去破過的案子。阿利斯泰．布倫特就像個小學生那麼好奇，老是在細節問題上問個不停。

這樣愉快的氣氛在到了埃克聖以後便慘遭破壞。因為奧利弗拉夫人不斷吵鬧，處處表現出令人窒息般的不滿。她盡量不理睬白羅，只跟主人及塞爾比先生交談。

塞爾比先生帶白羅到了自己的房間。

房子十分典雅，空間不大，裡面的裝飾有一種平靜的格調，與白羅在倫敦見到的格調相同。所有的裝飾都很貴重，但也很簡單。正是這種明顯的簡樸和平靜，充分表現了主人的富有。晚宴的菜色令人讚嘆，烹調是英國式的，不是歐洲大陸的烹調，白羅對宴席上的各種酒特別欣賞；還有味美的清湯、烤鰨魚、羊裡脊肉、嫩綠的豌豆、草莓和霜淇淋。

白羅汲汲於品嘗美味佳肴，沒去在意奧利弗拉夫人一連串無禮的行為，以及對她女兒的粗魯態度。珍也因為某種原因，對他顯然帶有反感，直到宴席快結束時。白羅被她們的態度弄得迷迷糊糊，莫名其妙！

布倫特看著餐桌，疑惑地問：「海倫今天晚上怎麼沒和我們一起吃飯？」

朱莉亞・奧利弗拉嘴唇繃得緊緊地說：「我想，親愛的海倫恐怕是太累了，她一直在花園裡忙著。我建議她最好上床去休息，省得還要換衣服到這兒來。她也同意。」

「啊，我知道了，」布倫特目光茫然，有點不解。「我還以為度週末時，她會改變平時的習慣呢。」

「海倫是個頭腦很單純的人，她喜歡早早睡覺。」奧利弗拉夫人說得很堅定。

白羅和女士們待在客廳的時候，布倫特待在後面跟祕書交談了一會兒。他聽到珍・奧利弗拉與她母親在說話：「媽，你刻意排擠海倫・蒙翠索，阿利斯泰姨公會不高興的。」

「胡說，」奧利弗拉夫人粗聲大氣地說，「阿利斯泰心地太好了，對待貧窮的親戚也是一副好心腸，房子給她住不收房租已經夠好了。但是，每個週末還要把她叫來用餐，這也太荒唐了！她不過是個隔房表親而已。我認為，阿利斯泰沒有必要那麼做！」

「我覺得她很自重自愛，」珍說，「她在花園裡做了那麼多的事。」

「這表示她知守分寸，」奧利弗拉夫人寬慰地說，「蘇格蘭人自立性很強，所以受到人們尊重。」

她舒坦地坐在沙發上，仍然對白羅不屑一顧，然後又補充說：「親愛的，把那份《務實週報》遞給我。那裡面談到了洛伊斯．馮．斯凱勒，以及她那個摩洛哥導遊。」

阿利斯泰．布倫特出現在門口，他說：「白羅先生，到我房間裡來吧。」

阿利斯泰．布倫特的房間位於房子後面，天花板很低，面積很大，窗戶面對花園。房間很舒服，有安樂椅、長沙發，雖然不是井井有條，卻很愜意。

（不用說，赫丘勒．白羅倒是希望房間更勻稱且更有條有理！）

阿利斯泰．布倫特遞給客人一支香菸，自己點燃了菸斗，接著就直接進入話題。

「有許多事我很不解，我指的當然是這個叫森伯莉．西爾的女人。政府當局為了自身的理由，已經停止搜索，毫無疑問，這麼做是正當的。我不知道艾伯特．查普曼是什麼人，他究竟在做什麼，但不論如何，他做的是意義重大的事，是那種可能使他陷入危險境地的事。我並不知道詳情，但是首相的確提到過，這個案子他們不能公開，民眾忘得愈快愈好。這麼做很對。這是官方的看法，他們知道緩急輕重，警方現在已收手了。」他坐在椅子上，身子向前傾。「白羅先生，可是我想要了解真相，能幫助我了解真相的人只有你。官方限制不了你。」

「布倫特先生，你要我做什麼？」

「我要你找到森伯莉．西爾這個女人。」

「找死的還是活的？」

阿利斯泰．布倫特很吃驚地揚起了眉毛。

「你認為她可能已經死了？」

赫丘勒．白羅沉默了片刻，接著字字沉重、緩慢地說：「如果你想要聽我的看法——記住，只不過是一種看法——那麼我認為她已經死了。」

「你為什麼有這樣的想法？」

赫丘勒．白羅微微一笑。他說：「因為抽屜裡有一雙還沒穿過的襪子。我這麼說，你大概也無法理解吧。」

阿利斯泰．布倫特好奇地打量著他。

「白羅先生，你真是個怪人。」

「我是很怪。也就是說，我有條不紊，講究條理和邏輯，我不喜歡以亂糟糟的事實來建構一種見解——這竟然被認為不正常！」

阿利斯泰．布倫特說：「我反覆思考整件事。總要花點時間才能理出某件細節的頭緒。這事非常奇怪！我是說，這個牙醫自己開槍打死自己，接著這位查普曼女人被塞在自己的鐵箱子裡，還毀了容。真噁心！簡直殘暴不堪！我不得不感到，這件事背後一定有文章。」

白羅點點頭。

布倫特說：「你知道，這件事我想得愈多我就愈能肯定：那個女人根本就不認得我妻子。她只不過以此為藉口想跟我說話。可是她為什麼要這樣呢？這麼做對她有什麼好處呢？我的意思是，她就算索求了一點捐款，那也是為社會，而不是為她自己。我的確感到那是故意設計的，讓她恰好在家門口與我相見，這未免太湊巧了。時間那麼巧，不能不令人懷疑！但是究竟為什麼？這是我不斷自問的問題。為什麼？」

「問得好，為什麼？我也在問自己。我不明白，真的不明白。」

「關於這件事，你一點也不知道？」

白羅揮了揮沉重的手。

「我的看法很不成熟。我想，這是一種詭計，想把你引給某人看看，想指出你本人來。不過這也是荒謬的想法。你是眾所周知的人，只要簡單地說一聲：『看，就是他，現在進門的就是那個人』，這是很容易的嘛。」

布倫特說：「真是想不通，有人想認出我本人來，這究竟是為什麼呢？」

「布倫特先生，你再好好回想一下那天早上在牙醫手術椅上的時刻吧。莫利有沒有說什麼不尋常的話？有什麼話可助於理清線索，難道你一點也想不起來？」

阿利斯泰．布倫特緊皺眉頭，努力回想。想了一會兒，他搖了搖頭。

「抱歉，什麼也想不起來了。」

「你能肯定，他並沒有提到這位森伯莉．西爾小姐？」

「可以肯定。」

「有沒有提到查普曼夫人？」

「沒有，沒有，我們根本就沒有談到任何人。我們只談到玫瑰、花園需要雨水、度假等等，別的事都沒談起。」

「你在那裡時，沒有別人進去嗎？」

「我想想看……沒有，沒有人進去。我記得以前有個年輕的女人待在那兒，是個金髮女郎。但是這次她不在。啊，我想起來了，另外一個牙醫進去了，那人說話是愛爾蘭口音。」

「他說了或是做了些什麼？」

「只問了莫利幾個問題就走了。我想莫利對他有點怠慢，他只待了一兩分鐘。」

「別的呢，一點也回想不起來嗎？」

「沒有，都很正常。」

赫丘勒．白羅若有所思，說道：「我也發現他完全正常。」

長時間的沉默以後，白羅說：「先生，你是不是還記得，那天早上有個年輕人和你一起待在候診室裡？」

阿利斯泰．布倫特皺著眉頭。

「我想想看……是的，是有個年輕人，他頗為不安。不過我記不確切。怎麼？」

「如果你再見到他，能不能認得出來？」

布倫特搖著頭。

「我當時幾乎沒怎麼看他。」

「他有沒有設法要跟你說話？」

「沒有。」

布倫特有些奇怪地看著白羅。

「這是什麼意思呢？這位年輕人是誰？」

「他叫霍華．雷斯。」

白羅認真觀察對方的反應，但是他什麼也沒看到。

「我應該要知道他的名字嗎？我在什麼地方碰過他？」

「我認為你沒有見過他。他是你甥孫女的一個朋友，奧利弗拉小姐的朋友。」

「啊，是珍的朋友。」

「我認為，她母親並不贊成他們交往。」

阿利斯泰．布倫特心不在焉地說：「我看那對珍毫無影響。」

「她母親把那種友誼看得很嚴重，我想，她把女兒從美國帶回來，目的就想擺脫那個年輕人。」

「啊！」布倫特表示理解。「就是那個小夥子，是不是？」

「啊哈，你現在感興趣了。」

「我看這個年輕人各方面都很令人反感，做的淨是破壞活動。」

「我從奧利弗拉小姐那裡知道，那天早上他到夏洛特皇后大街，完全是為了看你。」

「想法子讓我喜歡他？」

「不是。據我理解是，有人想要他喜歡你。」

「得了，他那一副討厭相。」

白羅暗暗地笑了笑。

「看來你對他極為不滿。」

「他那種年輕人，我當然看不慣！成天大吹大擂，根本就沒有像樣的工作！」

白羅稍停片刻，接著說：「原諒我冒昧地問個問題，完全是個人的問題。」

「說吧。」

「如果你快死了，遺囑會怎麼寫？」

布倫特莫名其妙，嚴厲地問：「你為什麼要知道這個？」

「因為這很可能，」他聳了聳肩。「很可能與這件案子有關。」

「胡說！」

「可能是胡說，但也可能不是。」

阿利斯泰．布倫特冷淡地說：「白羅先生，你太誇張了。誰會想要暗殺或是傷害我這樣的人啊！」

「早餐桌上的炸彈、唐寧街的子彈……」

「啊，那種事！任何處理國際金融事務的人都有可能招惹某些狂熱的瘋子眼紅！」

「可能幹這種事的人並不狂熱，也並不瘋狂。」

布倫特兩眼發愣。

「你究竟想打聽什麼？」

「說得簡單一點，我想知道：你死了以後誰能得到好處。」

布倫特苦笑著：「主要是聖愛德華醫院、腫瘤醫院，還有皇家盲人學院。」

「啊！」

「另外，我已經給我甥女朱莉亞．奧利弗拉夫人一筆錢，作為她再婚之用；還給她女兒珍．奧利弗拉一筆數量相同的錢，不過是託管的；還有一大筆給我僅有的親戚，一個遠房的表親，海倫．蒙翠索，她的情況很差，現在住在這裡的一棟小房子。」

他停了一會兒，接著說：「白羅先生，這些是要嚴格保密的。」

「那當然，先生，那當然。」

阿利斯泰·布倫特不無譏諷地說：「白羅先生，我想你不至於認為是朱莉亞·奧利弗拉或珍·奧利弗拉甚至我的表親海倫·蒙翠索，要謀殺我圖財吧？」

「我沒有什麼想法，完全沒有。」

布倫特本來就不大的火氣消退了。他說：「你能不能再為我做一件事？」

「是不是要我找到森伯莉·西爾小姐？可以，我盡力去做。」

布倫特說：「好！真是個痛快的人。」

§

白羅離開房間走到門口時，險些撞到了一個人。

他說：「對不起，小姐。」

珍·奧利弗拉稍稍往旁邊一閃。

她說：「白羅先生。你想知道我對你是什麼看法嗎？」

「好啊，小姐——」

她沒有讓他說完。她那句問話，說實在的，不過是一種修辭上的需要。珍·奧利弗拉其實只是想發洩她對白羅的不滿。

「你是個間諜，這就是我對你的看法！一個可憐的間諜，品味低下、偷偷摸摸的間諜，鼻子到處亂伸，製造麻煩！」

「請你相信，小姐——」

「我知道你想要幹什麼！我也知道你要說什麼謊言！你為什麼不坦率承認呢？那好，我跟你說吧，你找不到任何東西，什麼也發現不了！也沒有什麼好發現的！我親愛的姨公，誰也不會動他一根頭髮。他很安全，他一向安全無虞。他事事平安，樣樣順利，百事興旺——而且滿口陳腔濫調！他是個大腹便便的英國佬，他就是這樣的人，沒有任何想像力。」

她停了一下，接著又發出嘎嘎聲數落著，那聲音更深沉，也說得更惡毒：「我討厭你，你這種殘忍的中產階級小偵探，可惡！」

說著，她那又名貴又時髦的衣服隨身一旋轉，人就迅速走開了。

赫丘勒．白羅仍然站在那裡，圓睜著眼，蹙起眉頭，一隻手摸著鬍子，若有所思。

他承認，在他頭上套個中產階級之類的標語倒很合適。他的人生觀基本上是中產階級的，而且一向如此；可是把它當作歧視性的字眼，說話的人又是珍．奧利弗拉，他想到這裡開始有點氣憤。

他往前走，邊走邊思考，來到了客廳。

奧利弗拉夫人自己在玩紙牌。

她看著白羅走了進來，態度仍舊冷淡，像是看見蟑螂一樣，隔得遠遠地喃喃自語：「紅心傑克碰到了黑桃皇后。」

白羅打了個冷顫，身子往後退。他淒涼地想：「唉，看來誰也不喜歡我啊！」

他走出玻璃門來到園圃。這是一個迷人的夜晚，空氣中瀰漫著樹木的芳香。白羅愜意地呼吸著，沿著小徑往前走，那條小徑連接的是種植草本植物的兩座花壇。

他拐了個彎，只見兩個模模糊糊的人影匆忙分開。

他似乎干擾了一對情人。

白羅趕忙轉回身，向後退步。

即使退到了這裡，他待著似乎也是多餘的。

他從阿利斯泰·布倫特的窗前走過，聽到布倫特在口述什麼，要塞爾比先生記下來。

赫丘勒·白羅能去的地方似乎只有一處。

他往自己的臥室走去。

對於眼前各種各樣難解的問題，他沉思良久。

他判斷那次電話裡的聲音是奧利弗拉夫人的聲音，這個看法是錯了還是沒錯？這個想法實在是很荒唐！

他想起了小個子巴恩斯先生那番驚人的揭露；他琢磨著QX九一二，即艾伯特·查普曼先生神出鬼沒的行蹤；他十分惱火地想起了僕人艾格尼絲那迫不及待的目光……

總是那麼千篇一律，人們都在閃閃躲躲！通常都是不起眼的小事，可是障礙不清除，不可能找到一條平坦的道路。

眼下的道路絕不是平坦的！

要理清思路、有條不紊地進展，最大的障礙就是他自己稱之為「矛盾無解的森伯莉．西爾小姐」。因為，如果赫丘勒．白羅所觀察到的事實是真的，那就沒有一件事說得通！

赫丘勒．白羅心裡不免詫異，自己問自己：「我是不是老了？」

06 十一，十二，挖呀挖

經過了一個不眠之夜，赫丘勒・白羅第二天卻起得很早。天氣很好，他又走到昨晚的小道上。

花壇美麗繽紛。他靠在一排花圃旁，這裡的花朵長勢更有條理，猩紅色的天竺葵在花圃整潔有致，與他在比利時的奧斯坦德城所見到的相同，但是，他看得出這個花壇完全體現了英國的園圃特色。

他走在玫瑰花壇之間，苗床整飭得令他心曠神怡。走過了奇石園曲曲折折的小徑，他終於來到圍牆相繞的菜園。

他看到一個樸實的女人，她身穿花呢外套和裙子，濃眉毛，黑色頭髮剪得很短，正在和一個顯然是園丁的工頭交談。她說話是蘇格蘭口音，語氣很重、很慢，而那位園丁，據白羅觀察，似乎並不想交談。

這時海倫．蒙翠索揚起尖拔的聲音，白羅靈巧地閃到路旁。

白羅敏銳地發現，先前倚鍬歇息的一名園丁這時開始一個勁地幹起活來。白羅向前靠近些。那園丁是個年輕人，拚命在挖土，背對著白羅；白羅停在那兒觀察他。

「早安。」白羅親切地招呼著。

那人咕噥了一聲「早安，先生」作為回答，但並沒有停下手中的工作。

白羅感到有點奇怪。根據他的經驗，當你走近一個園丁和他打招呼時，無論他是怎麼努力地工作，總是樂於停下來歇息一會兒。

他心想，這非同尋常。他在那裡站了一會兒，注意看著那個不停工作的園丁。他肩膀扭動的姿態是不是有點熟悉？赫丘勒．白羅思忖著，自己是不是已習慣性地把毫無異常的聲音和肩動都當作似曾相識，而事實上並不是這麼一回事？他想起昨天晚上所擔心的問題：他是不是老了？

他若有所思，走出了有圍牆的菜園，停住腳步，看到外面有個隆起的坡道，上面長著灌木叢。

不一會兒，菜園的牆頂上悄悄露出了一個圓乎乎的東西，就像一輪奇怪的月亮——那是赫丘勒．白羅的蛋形腦袋。他懷著極大的興趣，偷看著那位年輕園丁的面孔，只見他已停下手中的工作，用衣袖在擦拭臉上的汗水。

「真有意思，真是奇怪。」赫丘勒．白羅又悄悄低下頭，自言自語。

他來到灌木叢中，撥開弄髒他整潔衣服的樹枝和樹葉。

真的，真是有意思，很奇怪，說是在鄉下做祕書工作的弗蘭克．卡特，竟然也受雇於阿利斯泰．布倫特，到這裡來當一名園丁，真是奇怪！

赫丘勒．白羅正在思考這些問題，忽然聽到遠方有鈴聲傳來，他轉身朝房子走去。

途中，他遇到了主人，只見他正在跟蒙翠索小姐談話，她剛剛從廚房花園那邊的大門走來。她說話的聲音非常清楚明白：「阿利斯泰，非常感謝你的盛情。不過，既然你有美國親戚在這兒，我這星期還是不要接受邀請的好！」

布倫特說：「朱莉亞是個沒有心眼的女人，她不是故意——」

蒙翠索沉著地回答說：「在我看來，她對我的態度非常傲慢。我不能容忍——無論是美國女人還是其他女人，我都不能容忍！」

蒙翠索小姐說完轉身就走了。白羅走上前來，發現阿利斯泰．布倫特一副可憐相，正如男人在和女親戚打交道遇到麻煩時所流露的表情。他不無悲哀地說：「女人真像魔鬼！早安，白羅先生。今天天氣真好，是不是？」

他們一道往房子那兒走。布倫特嘆了口氣說：「我真想念我的妻子！」

到了餐廳，他對令人敬畏的朱莉亞說：「朱莉亞，你恐怕傷害了海倫的感情。」

奧利弗拉夫人毫不動容地回答：「蘇格蘭人就是那麼敏感。」

阿利斯泰．布倫特顯得很不愉快。

赫丘勒．白羅說：「我發現你有一名年輕的園丁，我猜，你一定是最近才請來的吧。」

布倫特說：「是呀。我的第三個園丁伯頓大約三個星期以前辭職了，我們雇用了這個年輕人來代替。」

「還記得他是從哪兒來的嗎？」

「不太清楚。是麥卡利斯雇用了他。我想是有什麼人要我讓他試試，推薦他的時候很熱情。不過我有點詫異，因為麥卡利斯說他不夠稱職，想把他辭退。」

「他叫什麼名字？」

「鄧寧……森伯里……這一類的名字。」

「你給他多少工錢？這麼問不會太唐突吧？」

「沒關係。我想是兩英鎊十五便士。」

「不會更多吧？」

「當然不會，可能還稍微少一點。」

「這下子，」白羅說，「可就很奇怪了。」

阿利斯泰．布倫特不解地朝他看看。

可是這時候，珍．奧利弗拉把報紙翻得啪啪響，打斷了他們的談話。

「阿利斯泰姨公，看來許多人在等著喝你的血！」

「啊，你在看議會裡的辯論吧？沒關係。還不就是阿切爾頓。他總是像在跟假想敵奮戰一樣，對著風車揮劍。他對財政方面的見解實在太瘋狂了，要是讓他管理財政，英國在一個星期內就會破產。」

珍說：「你不曾想過要嘗試新的做法嗎？」

「沒有其他做法，親愛的，除非它比舊的那一套更好。」

「可是你從不認為新做法是好的。你老是說『這是行不通的』，連試試都不肯。」

「試驗會產生許多弊端。」

「是有弊端，但目前這個樣子你怎能感到滿意呢？這麼多浪費、不平等、不公正的事。一定要採取行動來解決這些問題！」

「珍，從各方面來看，這個國家還是很穩定的嘛。」

珍滿懷激情地說：「我們需要的是新氣象！而你卻坐在那裡吃腰子！」

她站起身，從落地玻璃門出去，進了花園。

阿利斯泰有點吃驚，也有點不悅。他說：「珍最近變化很大。這一套想法不知她是從哪聽來的？」

「你就不用介意珍說些什麼了，」奧利弗拉夫人說，「珍是個傻女孩。你知道，女孩子就是那麼回事，她們到一些私人工作室裡跟些稀奇古怪的小夥子舉行什麼稀奇古怪的宴會，回到家裡就亂七八糟瞎說一通。」

「的確是這樣。不過，珍這個女孩子是不大容易受影響的。」

「這是流行，阿利斯泰，這些東西不過是時髦的玩意兒！」

阿利斯泰．布倫特說：「是呀。」

他面帶憂鬱。

奧利弗拉夫人站了起來，白羅為她開門。她皺著眉頭一溜煙走了。

阿利斯泰．布倫特突然開了口：「你知道，我不喜歡這樣！人人都在說這種事！毫無意義！全在說大話！我發現我與這個時代格格不入。什麼新氣象，究竟是什麼意思他們自己也說不清楚！不過是玩弄詞藻。」他突然又笑了起來，頗有傷感地說：「你知道，我是最後一批保守派啊。」

白羅好奇地問：「如果把你——除掉，情況會怎麼樣？」

「除掉！說得多輕鬆！」他表情不變，顯得很沉重。「我告訴你，有許多混蛋傻瓜想進行代價昂貴的試驗。那將是承平局面的末日，理智的末日，應變能力的末日；事實上，也就是英國的末日……」

白羅點了點頭。他實際上是同情這位銀行家，也贊成應變能力的說法。他漸漸意識到阿利斯泰・布倫特所堅持的是什麼，並給予新的含義。巴恩斯先生曾經對他說過，但是當時他很難接受。他突然間開始擔心起來……

§

「信已經寫好了。」布倫特在上午稍晚的時候露了面。「白羅先生，現在我帶你去看看我的花園。」

兩個人一道走了出去，布倫特忙不迭地談到了自己的嗜好。

他特別喜歡岩石山，那裡有高山植物。他們在這兒流連了一會兒，布倫特向他介紹了一些稀有品種。

赫丘勒・白羅腳穿漆皮鞋，耐心地聽他講解，兩隻腳換來換去支撐著身子，感到有點不舒服，因為炙熱的太陽弄得他恍恍惚惚，兩隻腳就像是兩隻大布丁！

主人邁步往前走，指說著大型花壇中各式各樣的植物；蜜蜂嗡嗡叫，附近有人在修整桂樹籬笆，還聽到那把剪刀發出的單調聲響。

一切都那麼懶洋洋的，顯得很寧靜。

布倫特在花壇旁停了下來，回頭看看。那剪刀的聲音非常近，儘管看不見修剪的人。

「白羅，從這裡往那邊林蔭路看。美洲石竹今年長得特別好。我從沒在其他地方見過這麼好的石竹。那些是魯塞爾白羽扇豆，顏色特別美。」

砰！子彈的響聲打破了上午的平靜。空中有什麼東西發出一聲吼叫。阿利斯泰·布倫特莫名其妙，轉過身來，只見桂樹籬笆間升起了一縷淡淡的煙霧。

有人在怒吼。桂樹叢裡有兩個人在搏鬥。一個美國口音的人大著嗓門雄赳赳叫著：「我逮住了你，你這個惡棍！把槍放下！」

兩個人扭打著進入旁邊的空地。早上辛勤工作的那個年輕園丁，被另一個人死死揪住了，那人比他高出一個頭。

白羅立即認出後者是什麼人了，他從那人的說話聲音已經猜出了八九分。

弗蘭克·卡特大聲吼叫：「快放開我！我告訴你，那不是我！我絕沒有那麼做！」

霍華·雷斯說：「啊，不是？我想你是在打鳥吧！」

他停住不說了，看著走過來的兩個人。

「是阿利斯泰·布倫特先生？這傢伙剛剛對你開槍，我當場抓住了他。」

弗蘭克·卡特叫嚷著：「胡說！我在修剪籬芭，聽到了子彈的響聲，槍也正好掉在我的腳旁。我把它拾起來，這是很自然的事；接著這傢伙就向我襲擊。」

霍華・雷斯嚴峻地說：「槍就在你的手裡，剛剛開了火！」他採取斷然做法，把槍交給了白羅。「我們看看偵探會怎麼說！幸好我及時逮住了你。我認為你那把自動手槍裡還有幾顆子彈。」

白羅喃喃地說：「你說得很對。」

布倫特火冒三丈，直擰眉頭，厲聲問：「那麼鄧寧——森伯里，你叫什麼名字？」

赫丘勒打斷了他的話，說道：「這人叫弗蘭克・卡特。」

卡特怒氣沖沖地衝著他說：「你一直在懷疑我！那個星期日你就是來調查我的。我跟你說，這不是真實的情況，我根本就沒有對他開槍。」

赫丘勒輕聲問：「若是如此，是誰開的槍？」他補充說：「你看得很清楚，這裡除了我們以外沒有其他人。」

§

珍・奧利弗拉沿著小徑跑了過來，她的頭髮往後梳攏，呈現流線型。她睜著大眼睛，面色驚惶。

她氣喘喘地叫了一聲：「霍華？」

霍華・雷斯輕描淡寫地說：「你好，珍，我剛剛救了你姨公的性命。」

「啊！」她突然停住。「你救了他的命？」

「你來得似乎很湊巧，嗯，這位……」布倫特說得吞吞吐吐。

「他叫霍華・雷斯。阿利斯泰姨公，他是我的一個朋友。」

布倫特看看雷斯，笑了笑。

「啊！」他說，「原來你是珍的朋友！我一定得向你表示感謝才是。」

朱莉亞・奧利弗拉來到了現場，彷彿高壓下的蒸汽機噗嗤噗嗤響一樣，她氣喘喘地說：「我聽到了槍聲。是不是阿利斯泰——怎麼啦？」她茫然地看看霍華・雷斯，說道，「是你？怎麼，怎麼，你怎麼如此大膽？」

珍冷淡地說：「好了！霍華剛才救了阿利斯泰姨公。」

「什麼？我——我——」

「這傢伙企圖對阿利斯泰姨公開槍，霍華抓住了他，把他的槍奪了過來。」

弗蘭克・卡特氣急敗壞地說：「你說謊，你們統統都在說謊。」

奧利弗拉夫人低下了頭，茫然地說：「啊！」並停了一兩分鐘才調整了自己的姿勢，首先轉向了布倫特。

「我親愛的阿利斯泰！這簡直太可怕了！你安然無恙，真是謝天謝地。不過這一槍一定嚇死人了……我，我快昏過去了。我是不是——我能不能喝點白蘭地？」

布倫特趕忙回答：「當然可以，回屋裡去吧。」

她拉著他的胳膊，重心全靠在他胳膊上。

布倫特回頭看看白羅，又看看霍華·雷斯。

「你們能把那傢伙帶上來嗎？」他問，「我們馬上叫警察，把他交給警方。」

弗蘭克·卡特張大了嘴，可是說不出話來，他臉色慘白，兩腿發軟。霍華·雷斯那隻無情的手用力拖著他往前走。

「走啊，你！」他說。

弗蘭克·卡特軟弱無力地嘟囔著：「這是個大騙局……」

霍華·雷斯看著白羅。

「你這只會唱高調的偵探，你應該有什麼話要說吧？你為什麼無動於衷呢？」

「我在思考，雷斯先生。」

「我看你是該思考思考！在這件事上，我看你是失職了。阿利斯泰·布倫特之所以依舊安然無恙，可不是因為你的功勞。」

「雷斯先生，這是你第二次做了見義勇為的事，是不是？」

「你這是什麼意思？」

「不是嗎？昨天你抓到了一個人，你認為他對布倫特先生和首相開了槍？」

霍華・雷斯說：「嗯，沒錯。看來這快變成我的習慣了。」

「但是，情況並不一樣，」赫丘勒・白羅提出，「你昨天抓住的人，並不是對布倫特先生和首相開槍的那個人，你弄錯了。」

「你安靜點。」雷斯說。

弗蘭克・卡特愁眉不展說：「這一次他也弄錯了。」

赫丘勒・白羅喃喃自語：「我深感懷疑……」

§

赫丘勒・白羅穿著赴宴的禮服，皺著眉頭對著鏡中的影像調整領帶。

他感到很不對勁，可是要問他為什麼不對勁，他也說不出所以然來。他自己也承認這個事件是再明顯不過，弗蘭克・卡特的確是當場被逮住的。

他對弗蘭克・卡特並不特別信任，也不特別喜愛。他無精打采地想著，卡特顯然是英國人稱之為「壞胚子」的那種人，是令人討厭、但對女人頗有吸引力的那類混小子，因此儘管證據俱在，女人們也不大願意往最壞處去想。

卡特的辯解非常薄弱。他說他是被「特務組織」收買，他們給他一份好差事，叫他擔任園丁的工作，把別的園丁的言行向上報告。這種說法很容易被推翻，因為毫無根據。全然不堪一擊的謊話。不過，白羅認為這正是卡特這樣的人會捏造的事。

卡特已沒有什麼可說的；除了一再辯解是別人開了槍，他已提不出其他說法，他一直說這是陷害。

是啊，卡特的確無話可說，除了此事有個奇怪的巧合：兩次子彈未射中阿利斯泰．布倫特的場合，霍華．雷斯竟然都在現場。

但這也不代表什麼。雷斯當然沒有在唐寧街開槍，他到這兒來也可以解釋成——是為了接近他所愛的女孩。是啊，沒有理由懷疑他。

結果呢，當然是霍華．雷斯最幸運了。當一個人救了你，使你免於子彈的襲擊，你總不至於把他拒之門外，你至少要向他表示友好，並邀他作客。奧利弗拉夫人顯然不甚甘願，但就連她也看得出來，她對此無能為力。

珍這位不受歡迎的年輕朋友就這麼闖進了這個家，而且他還打算再待下去！

整個晚上，白羅一直認真觀察他。

他倒表現得非常得體。沒有高談顛覆性的言論，也不談政治。他講搭便車旅行的趣事。

「他不再是一條狼了，」白羅心裡在想，「不，他已披上羊皮。但是裡面是什麼呢？我感到不解……」

這天晚上，白羅準備睡覺時，忽然聽到敲門聲。白羅叫了聲「進來」，霍華．雷斯便進了門。

看到白羅的表情，雷斯哈哈大笑。

「看到我來了感到吃驚是不是？整個晚上我都在注意著你。我不喜歡你那種打量人的樣子，好像你心裡在轉著什麼念頭。」

「朋友，為什麼這使你感到不安呢？」

「我不知道是什麼原因，不過我的確心裡很不安。我猜想，你一定是看到了什麼不解的事情。」

「是嗎？如果我說是呢？」

「那我認為我最好來澄清一下昨天發生的事。昨天那一幕是個煙幕彈！我注意到首相從唐寧街十號出來，接著就看見拉姆．拉爾對著他開槍。我認識拉姆．拉爾。這小夥子挺不錯的，他性情有點衝動，可是他對印度所受到的歧視非常不滿。還好，沒有造成傷害，那兩個重要人物都沒有受到傷害——子彈偏離他們有幾英尺遠。因此，我決定露個面，想讓那個印度小夥子逃走，於是我就把待在我身邊的一個小子逮住，大聲叫嚷著我抓到了歹徒，指望拉姆．拉爾平安脫逃。但是警察們太機靈了，他們一瞬間就抓住了他。昨天的情況就是這樣。明白了嗎？」

赫丘勒．白羅問：「今天的事呢？」

「那情況就不同了。今天並沒有什麼拉姆．拉爾在周圍，現場只有卡特一人。一定是他開的槍。我去抓他時，槍還在他手裡！我認為，他當時還想開第二槍。」

白羅問：「你心裡急著要保護布倫特先生的安全？」

雷斯咧著嘴笑，是令人感到可愛的笑。

「對我說的這些話，你覺得有點奇怪吧？啊，我想是這樣。我認為布倫特這樣的傢伙應該打死才好——這是為了社會進步和人類福祉，並不是針對他個人而言。其實他這樣老派、英國式的人，也挺不錯，這是我個人的看法，因此有人對他開槍時，我挺身干預。所以你看到了，人就是這麼不合邏輯。奇怪吧，是不是？」

「理論和實踐之間的差距太大了。」

「我看的確是這樣！」

雷斯本來坐在床邊，這時站了起來。他笑得隨和，充滿自信。他說：「我剛才就在想，我一定可以順利把事情解釋清楚。」

他走了出去，隨手輕輕關上門。

§

「啊，主啊，不叫我遇見罪惡，救我脫離邪惡之人。」

奧利弗拉夫人在唱讚美詩，雖然稍稍走了調，但唱得很堅定。她臉上那種冷酷無情的表情，使赫丘勒．白羅立刻就聯想到，霍華．雷斯就是她心裡想的邪惡之人。

赫丘勒．白羅這天上午陪同主人及其家人一起到村莊的教堂做禮拜。

霍華．雷斯語氣中夾著一點譏諷。他說：「布倫特先生，你一向都上教堂嗎？」

遵照鄉下地方的規矩，阿利斯泰也含含糊糊地咕噥著——你知道，他不能讓牧師掃了興，這是英國人典型的人情世故。那位年輕人對此感到不可思議，而赫丘勒．白羅卻笑了笑表示理解。

奧利弗拉夫人很有技巧地幫著他唱，並且命令女兒珍也照做。

唱詩班的孩子尖聲高唱著：「他們的舌磨得像毒蛇般鋒利，毒汁就藏在嘴裡。」

其他人高高低低的嗓音也唱得興致勃勃：「啊，主啊，讓我擺脫魔鬼之手；不叫我遭惡人暗算，他們有意要使我的行為走上歧途。」

赫丘勒．白羅唱的是男中音，唱得吞吞吐吐：「自傲已為我布下陷阱，帶有牽繩的大網已經撒開；是啊，我的路上已設好圈套……」

他的嘴仍然張著——

他看到了！看得那麼清楚：陷阱，使他差點跌進去的陷阱！

赫丘勒．白羅像是神志恍惚般仍然張大著嘴，目光對著空中發愣。別的教友們全都坐下來了，而他卻還站在那裡。後來，珍．奧利弗拉碰碰他的胳膊，輕輕叫了一聲「坐下」，他才就座。

赫丘勒．白羅坐下後，就聽到蓄著鬍鬚的老牧師吟道：「現在吟詠《舊約．撒母耳記》第十五章。」說著他就開始吟詠。

但是，白羅對於掃羅如何打擊亞瑪力的情況卻一個字也沒有聽進去。

陷阱已經惡毒地挖好，帶著牽繩的大網已經撒開，腳下的坑都精心安排好了，就等他往裡面跳。

他陷入迷茫之中，眼花撩亂的迷茫，許多個別的事實在頭腦裡瘋狂地旋轉，轉到後來，一件一件地各就各位，井井有條。

這些事實就像一個萬花筒——鞋釦、十英寸的襪子、一張被毀的面孔、接待生艾非德低俗的文學素養、安布若提斯先生的行動，以及已死的莫利先生所扮演的角色……所有這些都浮現出來，都在旋轉，轉著轉著也都安定下來，排成了相互連結的圖案。

赫丘勒·白羅對這個案子，第一次看到了清晰的脈絡。

「悖逆的罪，與行邪術的罪相等；頑固的罪，與拜虛神和偶像的罪相同。你既然厭棄耶和華的命令，耶和華也厭棄你做王。今天的課就講到這兒。」

老牧師一口氣就吟詠完了。

赫丘勒·白羅彷彿在夢中一般，他站了起來，吟詠感恩讚美詩。

07

十三，十四，小姐談戀愛

「這不是賴利先生嗎？」

這年輕的愛爾蘭人聽到有人就在他胳肘旁邊說話，嚇了一跳。

他轉過身來。

靠在他身旁，站在航空公司櫃檯的是個小個子、濃鬍鬚、蛋形腦袋的人。

「你可能記不起我了吧？」

「這你可就錯了，白羅先生。要想忘記你這樣的人可沒那麼容易。」

他轉頭對櫃檯等待的職員說了些話。

胳肘旁的人問他：「你是出國度假嗎？」

「我這次出去不是度假。你呢，白羅先生？我想，你應該不是要離開這個國家吧？」

「我偶爾，」赫丘勒．白羅說，「會回我自己的國家比利時，在那裡待一段時間。」

「我要去的地方可遠了，」賴利說，「我要去美國。」他又補充說：「而且，我也不會再回來了。」

「賴利先生，聽你這麼說，我感到很遺憾。這麼說來，你要拋棄在夏洛特皇后大街的事業了？」

「應該說那個地方拋棄了我。」

「是嗎？實在太不幸了。」

「我倒沒有什麼牽掛。想想我欠的債，能拍拍屁股就一走了之，我感到很愉快。」他咧著嘴，笑得十分迷人。「我不會為錢的問題而想不開。拋開它們，一切重新開始。我各種資格都齊備，全都派得上用場。」

白羅咕噥著：「那天我見了莫利小姐。」

「過程還愉快嗎？我看未必。一副乖張的面孔，天下少有。我常常在想，她喝醉酒會是個什麼模樣——不過，我看永遠不會有人知道。」

白羅說：「檢察官驗屍後，對你夥伴的死做出的結論，你贊不贊同呢？」

「不贊同。」賴利回答得很堅決。

「你並不認為他在用藥上出了差錯？」

賴利說：「如果照他們所說，莫利對那個希臘人藥物用過量，那一定是他喝醉了，不然就是存心要謀害那個人。而我從來沒看過莫利喝酒。」

「那麼你認為他是存心的？」

「我不想那麼說，這帽子扣得太大了。說實在的，我一點也不相信是那樣。」

「那一定有原因。」

「的確，不過我還沒有想到。」

白羅說：「你最後看到莫利先生還活著的時間，到底是何時？」

「讓我想想看。你現在問我這樣的問題，時間已相隔太久了。應該是事發前一天的晚上大約六點四十五分吧。」

「他被害的當天，你不曾見過他？」

賴利搖了搖頭。

「你能肯定？」白羅緊追不捨。

「啊，談不上肯定。可是我不記得——」

「你有沒有，比如說，在早上十一點三十五分去了他的診療室，當時那裡還有病人？」

「你這麼一說倒提醒了我。我去過。我那時正在訂一些器具，去他那裡問些技術上的問題，因為他們打電話來催我。不過，我在他那裡待的時間很短，所以一時忘了。當時是有個病人在場。」

白羅點點頭說：「還有一個問題，我一直想問你。你的病人雷斯先生，取消預約走了。在那半個小時裡，你在幹什麼？」

「我一有空閒就喜歡喝酒。正如我跟你說的，我接完了電話就去莫利那兒。」

白羅說：「我還知道，巴恩斯先生走了以後，從十二點半到一點之間你沒有病人。順便問一下，他什麼時候走的？」

「啊，正好是十二點半剛過。」

「那時你在幹什麼？」

「如同往常那樣，又喝了一杯。」

「有沒有再去看莫利？」

賴利先生笑了笑。

「你的意思是，去開槍打死他？我早就對你說過，我沒再去。你沒聽進去嘛。」

白羅說：「那位女僕艾格尼絲你覺得怎麼樣？」

賴利愣了一下，說：「這問題倒真的有點怪。」

「可是我想了解。」

「那麼我可以告訴你，不怎麼樣。喬治娜管女僕管得很嚴——這麼做完全正確。那女僕從來不往我這邊看一眼，她若那樣做就不得體了。」

「我有一種感覺，」赫丘勒·白羅說，「那位女僕了解一些情況。」

他以疑惑的目光看了看賴利先生，後者卻面帶微笑，搖了搖頭。

「別問我，」他說，「我一無所知，幫不了你什麼忙。」

他拿起擺在面前的票證，點頭微笑，走了。

白羅對大失所望的職員解釋說，他還沒有決定是否要去北邊那幾個國家的首都。

§

白羅又去了漢普斯特。亞當斯夫人見了他似乎感到有些驚訝。儘管蘇格蘭警場的警官為他做了擔保，但是她仍然把他看作是一個「又小又怪的外國人」，沒有把他的虛張聲勢當回事。但是，她還是很樂意交談。

第一次公布死者身分造成轟動時，調查過程並未受到大眾注意。外界所知道的就是死者身分出了差錯——把查普曼夫人的屍體一度誤認為是森伯莉·西爾小姐。實際上，森伯莉·西爾小姐可能是最後一個見到查普曼夫人還活著的人，但是這個事實並沒有引起重視；報界也沒有提到，警方有可能通緝逮捕森伯莉·西爾小姐。

亞當斯夫人得知那具屍體並不是她的朋友，她感到極大寬慰。她似乎也不認為梅布爾．森伯莉．西爾會有什麼嫌疑。

「可是，她就這麼失蹤了，這也太奇怪了。白羅先生，這一定是因為失去了記憶。」

白羅說，這很有可能，他以往也見過類似的案子。

「對了，我想起來了，我的一個表親，她家務很忙，憂慮重重，就有過這樣的症狀；他們稱為健忘症。」

白羅表示，那就是它的專業術語。

他停了一會又問亞當斯夫人，她是否聽過森伯莉．西爾小姐提到一個叫艾伯特．查普曼夫人的人？

亞當斯夫人說她從沒聽過她提到那個名字。但，當然，森伯莉．西爾小姐不可能把自己熟悉的人都拿出來講。這個查普曼夫人究竟是誰？警方知不知道她被誰謀害？

「夫人，這仍然是個謎。」白羅連連搖頭。

接著他問亞當斯夫人，是不是她向森伯莉．西爾小姐介紹了牙醫莫利先生。

亞當斯夫人做了否定的回答。她自己是找哈利街上的弗倫奇醫生看牙，如果梅布爾找她推薦牙醫，她一定會叫她去弗倫奇那兒。

白羅認為，建議森伯莉．西爾小姐去找莫利先生的人，可能是查普曼夫人。

亞當斯夫人也覺得可能。她說，牙醫診所裡的人應該會知道。

但白羅已經就這個問題問過了芮薇爾小姐，芮薇爾小姐並不知道，也不記得了，她記得查普曼夫人，但是印象中，查普曼夫人並沒有提過一個叫森伯莉．西爾小姐的人；這個名字很奇怪，要是提過，她聽了一定會記住。

白羅接著又問了些問題。

亞當斯夫人最早是在印度認識森伯莉．西爾小姐的，是不是？亞當斯夫人表示的確是。

亞當斯夫人是否知道，森伯莉．西爾小姐在印度時，是不是遇過阿利斯泰．布倫特先生或是夫人？

「啊，白羅先生，你是說那個大銀行家？我想不會。前些年，他們曾經住在總督那兒，但是我可以保證，梅布爾要是真見過他們，她一定會談起他們或是提到他們。」

亞當斯夫人淡淡一笑，又補充說：「我想，一般人總愛提跟大人物的關係，這種炫耀的心情我們每個人都有。」

「她從來沒有提到過布倫特一家，特別是布倫特夫人嗎？」

「從來沒有。」

「她如果是布倫特夫人的親密朋友，你會知道吧？」

「是啊，我認為她不會認識那樣的人。梅布爾的朋友都是些普通人，就像我們一樣。」

「夫人，您是太客氣了，這我不能同意。」白羅恭維地說。

亞當斯夫人繼續談著梅布爾・森伯莉・西爾，口氣就好像在談論剛剛死去的朋友一樣。她談到梅布爾的良好行為、她的善良本性、工作不知疲倦的精神、她的熱情，以及她為人的真誠。

赫丘勒・白羅聽著。正如傑派所說的，梅布爾・森伯莉・西爾是個真誠的人，她曾住在加爾各答，在那裡教語言，跟當地人一起工作。她受人尊敬，心地好，但有點兒吹毛求疵，或許還有點傻勁，而這正是人們常說的，是個有金子般心腸的女人。

亞當斯夫人還在往下說：「白羅先生，她做什麼事都很認真。她發現人們太麻木不仁，很難鼓動，要想從他們那裡得到贊助實在太難，而且情況一年比一年糟，因為所得稅逐年提高，生活上及其他各方面的花費愈來愈大。有一次她曾對我說：『一個人要是懂得錢的用途，能做出許多美好的事。說實在的，艾麗斯，有時候我真想犯點罪去弄點錢。』白羅先生，這難道還不夠表明，她的感受是多麼強烈嗎？」

「她真的說過那樣的話嗎？」白羅若有所思地問。

他看似漫不經心地問起森伯莉・西爾小姐在什麼時候說過這種話。得到的回答是，大約三個月以前。

他告別了那家人，走了出去，陷入沉思。

他思考著梅布爾・森伯莉・西爾的性格。

一個挺好的女人，一個真誠而善良的女人，一個令人尊敬且高尚的女人。巴恩斯先生曾經提到，正是在這一類的人當中最能發現潛在的罪犯。

她從印度回來時與安布若提斯先生搭乘同一條船，這似乎讓人有理由相信，她和他曾經在薩伏飯店一起共餐。

她曾經與阿利斯泰・布倫特攀談過，說自己認識他，還說與他妻子關係很親密。

她曾兩次去過金利波山莊，後來人們就在那兒發現了一具屍體；屍體穿的是她的衣服，身上的手提包也是她的，很容易辨認。

有點太容易辨認了，這件事！

她和警方見過面以後，就突然離開了格倫戈里飯店。

赫丘勒・白羅用心建立的理論能不能說明或解釋這一切呢？

他認為能。

§

在回家的途中，白羅一直被這些念頭所纏繞，直到他走到攝政王公園。他決定在公園裡步行一段路，然後再搭計程車。他非常清楚他漂亮的漆皮鞋何時才會磨得他腳疼。

這是一個美麗的夏日，白羅的目光耽溺於那些熱戀中的女僕和她們的情郎。她們平時當保母，照料圓胖胖的娃娃，這會兒一身輕，咯咯笑得好自在。

狗在吠，亂蹦亂跳地嬉戲。

孩子們在划船。

幾乎每棵樹下都是一對對依偎的情侶……

「啊！Jeunesse，Jeunesse[12]。」赫丘勒．白羅喃喃自語，不由得觸景生情了。

這些倫敦女孩的穿著，雖不昂貴但很豔麗，顯得高雅而丰姿宜人。

但是，他不無傷感地想到，她們的丰姿美中不足。過去那個讓人賞心悅目的豐滿曲線以及肉感的線條，如今到哪兒去了呢？

赫丘勒．白羅想起了一個特殊的女人，她是多麼的雍容華貴，就像神話中的美人，就像維納斯……

這些優雅的女孩，有誰能和薇拉．羅薩柯夫伯爵夫人相比？她是個不折不扣的俄國貴

12　法語，意思是「年輕人」。

族，一個純粹的貴族！他還記得，她也是一個工夫到了家的神偷，是一個全然的天才！

白羅嘆了口氣，思緒從迷夢中那個美豔無比的女人身上轉開。

他注意到攝政王公園的樹蔭下，不僅僅有女僕以及熱戀中的情侶。

那邊歐椴樹下有個斯基帕雷利[13]的傑作，那個小夥子把頭低垂，湊到她的面前，湊得那麼近；她呢，正迫切地等待著。

一個人不能太輕易就範！他希望那個女孩懂得這個道理，彼此追逐的時間應盡可能延長……

他善良的目光仍然在打量著他們，突然間，他覺得那兩個人影好面熟。

難道是珍．奧利弗拉到攝政王公園會見她的朋友，那位美國革命家？

他突然感到悲傷，表情沉重。

稍稍猶豫片刻，他走過草地來到他們面前。他揮動帽子，招呼著：「小姐，你好。」

他覺得，珍．奧利弗拉見到他並未感到掃興。

但霍華．雷斯對於受到干擾感到極為惱火。

他叫嚷著：「啊，原來又是你呀！」

「午安，白羅先生。」珍招呼著，「你總是突然出現，是不是？」

「像魔術玩偶。」雷斯說，他仍然相當冷淡地看著白羅。

「沒有打擾你們吧？」白羅急切地問。

珍．奧利弗拉相當客氣地回答：「完全不會。」

霍華．雷斯一聲不吭。

「這兒真是個好地方。」白羅說。

「是好地方。」雷斯先生說。

珍說：「霍華，你就別作聲了，你應該學學禮貌！」

霍華．雷斯不屑一顧地說：「禮貌周全又有什麼用？」

「以後你就知道，懂禮貌對你有用處。」珍說，「我也不太懂禮貌，但關係並不大。首先，我很富有，再說我也是花容月貌，然後，我還有許多有影響力的朋友。當今輿論批評年輕女孩的缺點我一點也沒有，我不懂禮貌照樣能自由自在。」

雷斯說：「珍，我沒有心思談這些婆婆媽媽的瑣事，我想要走了。」

他站起來，朝白羅草草點了點頭就走開了。

13 斯基帕雷利（Elsa Schiaparelli, 1896-1973），義大利女裝設計師。她擅長採用配件和鮮明的色彩，使女裝款式顯得富有生氣。

珍・奧利弗拉的目光一直盯著他，手捧著下巴。

白羅長嘆一聲說：「唉呀，常言說得好，談情說愛，成對成雙，如果有第三者就太掃興了，是不是？」

珍說：「談情說愛？你說到哪兒去了！」

「是呀，用這個詞沒錯吧？不是指一個年輕人向女孩大獻殷勤，然後向她求婚嗎？這樣的一對就是在談情說愛，不是嗎？」

「你的那些朋友似乎挺愛說俏皮話。」

赫丘勒・白羅輕輕哼著：「十三，十四，小姐談戀愛。你看，我們身邊的這些人，都是這個樣子嘛。」

珍尖聲說：「對，我是。我想……」她突然面對白羅說：「我想向你表示歉意，那天我犯了個錯誤。我本來以為，你鬼鬼祟祟跑到埃克聖，目的是要跟蹤霍華。後來阿利斯泰跟我說，是他請你去的，因為他想要你弄清楚那個失蹤女人的事——就是森伯莉・西爾的事。是這樣對不對？」

「完全正確。」

「因此，我為那天晚上說的話跟你道歉。不過，你知道，當時看起來好像你真是在跟蹤霍華，要監視我們倆一樣。」

「小姐，即使真是如此，當時雷斯先生奮勇上前撲向襲擊者，阻止他再次開槍，救了你姨公的性命，我不也成了這樁事的最佳見證人嘛。」

「白羅先生，你真會說話，說得那麼有趣，而我根本就不知道你說的是真是假。」

白羅嚴肅地說：「奧利弗拉小姐，此時此刻我是非常認真的。」

珍吞吞吐吐地說：「你怎麼這樣看我呢？好像——好像你對我很抱歉似的。」

「小姐，也許我是感到抱歉，為我即將要進行的事……」

「那麼你就別那麼做！」

「唉呀，小姐，可是我一定得……」

她盯著他一會兒，接著說：「你是不是——找到了那個女人？」

白羅說：「應該說我知道她在什麼地方。」

「她死了嗎？」

「我沒這麼說。」

「那麼她還活著？」

「我也沒這麼說。」

珍看著他，有點火了，氣嘟嘟地說：「她要不是死，就是活，一定是其中之一呀！」

「其實，問題並不那麼簡單。」

「我看你就是喜歡把事情弄得複雜化！」

「一般人的確是這樣評論我的。」赫丘勒．白羅承認。

珍的身子瑟瑟顫抖，說：「這不是很奇怪嗎？本來是暖洋洋的好天氣，可是我卻突然渾身發冷……」

「小姐，你或許走動走動較好。」

珍站了起來，歪歪倒倒地站了一會兒，突然說：

「霍華要我跟他結婚，馬上，而且不要任何人知道。他說──他說我只能這麼做。我很猶豫──」她停住不說了，接著用一隻手抓住白羅的胳膊，力量大得驚人。「白羅先生，我該如何是好呢？」

「為什麼要找我商量呢？你有更親近的人嘛！」

「我媽？要是她聽到這件事，準會把家裡鬧得雞犬不寧！阿利斯泰姨公？他一向小心謹慎而且囉里囉唆，他一定會說：『時間還早嘛，我親愛的，一定要自己十分確定才行，他還是有點兒怪，你這個男朋友，做事情不要太草率──』」

「何不跟你的朋友商量呢？」白羅提醒道。

「我沒有什麼朋友，只有一大票損友，在一起喝酒、跳舞、談些不著邊際的胡言亂語！在我認識的人當中，霍華是唯一一個有血有肉的人。」

「還是那句話，奧利弗拉小姐，你為什麼要問我呢？」

珍說：「因為我看到你的表情有些異樣，彷彿你在擔心什麼事，彷彿你知道即將發生什麼事……」

她突然停住。

「怎麼？」她問，「你有什麼話要說？」

赫丘勒．白羅緩慢地搖著頭。

§

白羅到家時，喬治說：「先生，傑派探長來了。」

白羅進了房間，看到傑派一副沮喪的樣子，苦笑著說：

「老朋友，我來了，來問你：『你真是個奇蹟，你是怎麼做到的？是什麼讓你想到這些事？』」

「你這些話是什麼意思？先來點什麼提提神吧！甜飲料還是威士忌？」

「威士忌挺不錯的。」

幾分鐘後，傑派舉起酒杯說：「為一向正確的赫丘勒．白羅乾杯！」

「不用了，不用了，兄弟。」

「我們以往的結論是自殺，但白羅說這是謀殺，他想這應是謀殺，奇妙的是，真的就是謀殺！」

「啊？這麼說你終於同意這種想法了？」

「是呀，我頭腦還沒僵化，在證據面前我不會逃避。麻煩的是以前沒有這樣的證據。」

「那麼現在有了？」

「對，我到這兒來，是像你常說的那樣，想做一次光榮的更正。來，再向你敬點酒。」

「我的好傑派，我等著要恭聽奇聞。」

「那好，聽我說吧。弗蘭克．卡特在星期六企圖打死布倫特所用的手槍，與打死莫利的那把槍一模一樣！」

白羅有點驚訝地說：「這就很奇怪了！」

「是很怪，這對弗蘭克來說可是很不利喔。」

「還不能斷言。」

「是不能斷言，但足以使我們重新考慮自殺的結論。那是一把外國製造的手槍，而且是一把特製手槍。」

赫丘勒．白羅愣了眼，眉毛彎得像新月。他終於說出了他的看法：「弗蘭克．卡特？不是，絕對不是！」

傑派一聲驚嘆。

「白羅，你這是怎麼回事？一開始你認為莫利是他殺，而不是自殺；現在我跟你說，我們傾向於同意你的觀點，你卻又不那麼認為。」

「你真的以為是弗蘭克·卡特謀害了莫利？」

「符合情理。卡特對莫利懷恨在心這一點我們都知道，他那天上午到夏洛特皇后大街，假裝是要來告訴女朋友說他找到了一份工作。但是，我們現在查明他當時並沒有找到工作，因此，他是在說謊，這是第一個謊言，接著，他無法解釋清楚十二點二十五分以後他去了什麼地方，他說他在瑪麗萊朋路上漫步，他的證據是，他一點零五分時到一家酒吧喝酒。而酒吧服務生說他像平常一樣手在顫抖，臉色慘白！」

赫丘勒·白羅又嘆氣又搖頭，咕噥著說：「這和我的看法不一樣。」

「你是什麼看法？」

「你說的情況把我攪亂了，真的弄得我心煩意亂。因為你看，如果你說的是對的……」

有人輕輕地開了門，喬治畢恭畢敬地小聲說：「先生，請原諒，可是……」

不由他往下說，格拉蒂斯·芮薇爾小姐就把他推到一邊，激動地破門而入。她哭哭啼啼地說：「啊，白羅先生——」

「好吧，我先走了。」傑派匆忙地說。

他慌忙離開了房間。

格拉蒂斯．芮薇爾惡狠狠地朝他背影看了一眼。

「就是那個人！恐怖的蘇格蘭警場探長，就是他翻了案，指控可憐的弗蘭克。」

「好，好，你一定要平靜下來。」

「可是他攪得我不能安寧，他們不但說弗蘭克企圖謀害布倫特先生，還指控他，說他謀害了可憐的莫利先生，他們就是不肯善罷干休。」

赫丘勒．白羅咳了一聲說：「你知道，布倫特先生被人開槍那時候，我就在埃克聖。」

格拉蒂斯．芮薇爾接著說起話來有點顛三倒四。「但是，即使弗蘭克做了那樣的蠢事，你知道，他畢竟是愛國的人，他們舉著旗子行走，令人可笑地舉手致敬——我猜布倫特先生的妻子是個惡名昭彰的猶太人——他們只知道鼓動那些可憐的年輕人，就像弗蘭克這些無害的年輕人，而他們以為他們做的事是崇高又愛國。」

「卡特先生是這麼辯白的嗎？」白羅問。

「啊，不是。弗蘭克只是發誓說他什麼事也沒做，也從沒見過那把手槍。我當然沒有跟他談上話，他們不准，但是他請了個辯護律師。律師把弗蘭克說的話都告訴了我，弗蘭克只是說，這一切都是被陷害的。」

白羅喃喃地問：「律師是不是認為，他的委託人最好想出一個更有說服力的說法來？」

「律師們都讓人摸不透，他們說話從來不直截了當。我擔心這是一起指控謀殺的案子。啊，白羅先生，我敢保證弗蘭克是不可能謀殺莫利先生的。我真的認為——他沒有任何理由啊。」

白羅問道：「那天上午他去牙醫診所時，還沒有找到工作，是不是？」

「啊，說實在的，白羅先生，我看找到或沒找到都沒有什麼區別。他是上午還是下午找到工作，這也沒有什麼重要。」

白羅說：「但是，他說他去那裡是要告訴你他碰上了好運氣。你看，他似乎並沒有碰到好運氣。既然這樣，他沒有找到工作，那麼他去那裡是為了什麼？」

「是這樣的，白羅先生，可憐的弗蘭克當時心情沮喪，情緒低落。說實話，我認為他是多喝了一點酒。可憐的弗蘭克意志很薄弱，喝酒喝得醺醺然，因此他就想發洩發洩，就這麼到了夏洛特皇后大街，想找莫利先生吵架。因為你明白，弗蘭克非常敏感，他認為莫利先生看不起他，他心裡很不痛快。」

「因為這樣，他就想在工作時間大鬧一場？」

「這個……是這樣的，我想這就是他的想法。弗蘭克抱持這種想法當然是錯誤的。」

白羅若有所思，看著身前這位淚汪汪的金髮碧眼小姐。他問她：「你知不知道弗蘭克．

卡特有一把手槍，或者有一對手槍？」

「啊，沒有，白羅先生。我敢發誓，我沒有看到他有手槍。我認為，這也不是事實。」

白羅慢慢地搖著頭，大惑不解。

「啊，白羅先生，行行好，幫幫我們吧。你要是站在我們這邊，那該多好——」

白羅回答說：「我不站在任何一方，我只相信真理。」

§

白羅送走了芮薇爾小姐以後，就打電話到蘇格蘭警場。傑派還沒有回去，但是貝多斯警佐向白羅通報了最新情況。

警方目前還沒有取得任何證據，可以證明弗蘭克．卡特在埃克聖襲擊之前就已經弄到手槍。

白羅掛下話筒，陷入沉思。這個消息對卡特很有利，但是，到目前為止，對他有利的只有這件事。

關於弗蘭克．卡特在埃克聖受雇當園丁的過程，他也聽到具體的細節。弗蘭克堅持是特務組織要他去那裡工作。他說有人事先給他錢，還寫了推薦書，證明他有園藝方面的能力，還叫他向麥卡利斯先生，即園丁工頭，提出工作申請。

他被賦予的任務是注意傾聽其他園丁的談話，探聽他們的「共產黨」傾向，而他自己也要裝得有點左傾。他曾就自己的任務與一個女人見了面，那女人對他說，她的代號是ＱＨ五六，因為有人向她推薦，說他是一個堅定的極右份子。她接見他時是在一個燈光昏暗的地方，而且她又是濃妝豔抹的打扮，因此他認為他不可能再認出那個紅頭髮的女人。

白羅嘆了一口氣。菲利普斯．奧本海姆的故事似乎又在重演了。

他想就這件事去找一下巴恩斯先生。

據巴恩斯先生說，上述情況確實發生過。

這天最後一趟郵差送來的東西使他更加不安。

一個粗劣的信封上，字跡零亂得不像樣，郵戳上的地址是赫特福德郡。

他拆開信，裡面的內容是：

親愛的先生：

打擾你了，希望你能諒解。我非常擔心，又不知道該怎麼辦。無論如何，我可不想與警方牽連在一起。我知道，我應該把我以前知道的一些情況說出來。可是，他們說，主人開槍打死了自己，我也覺得就是如此。我不想讓芮薇爾小姐的男朋友惹上麻煩，也確實沒想到他會做出那樣的事，但是現在我知道，他因為在鄉郊射殺一位紳士被逮捕，所以或許我看錯了他。我本該告訴你我看到的事，不過我寧可先寫信。你是女主人的朋友，那天還特別問到我是否知道一些情況，現在想起來，我當時要是對你說了就好了。但是我還是希望這不會讓我和警方牽連在一起，因為我不喜歡那樣，我母親也不希望那樣。我母親尤其不願意和警方扯上關係。

尊敬你的　艾格尼絲·弗萊徹

白羅自言自語說著：「我始終認為這件事和某個男人有關，只不過我一直想錯人了，就是這樣。」

08 十五，十六，女傭在廚房

與艾格尼絲．弗萊徹會面的地點，是在赫特福德的一家偏僻茶館裡，因為艾格尼絲不希望在莫利小姐審視的目光下，告訴白羅當時的情況。

關於艾格尼絲的母親有多擔心扯上警方，她就講了十五分鐘，艾格尼絲的父親雖是有營業許可的房地產業主，卻從來不曾與警方有過一絲一毫的瓜葛。講完這些，她又緊接著花費了第二個十五分鐘繼續講述她父母的狀況。的確，艾格尼絲的父母廣為人們尊重，在格洛斯特郡的小達林漢一帶是眾望所歸。弗萊徹夫人一家的六個子女（其中有兩個在幼年時就去世了）從來不會讓父母操心，如果艾格尼絲現在與警方有任何牽連，她父母一定會氣得半死。因為正如她一再強調的那樣，他們一向都是抬頭挺胸的做人，從來不曾與警方有一絲一毫的牽扯。

艾格尼絲反覆敘述這些情況，還多次添枝加葉以後，談話內容才稍稍地接近這次會面的主題。

「先生，我一點也不想跟莫利小姐講這些事，你知道，她有可能會說，我早就應該說出來了。但是我和廚師討論過，我們認為這並不關我們的事，因為主人在用藥時怎麼犯了錯、他怎麼開槍打死自己、他手中的槍枝以及所有的情況，報紙上早就寫得一清二楚。先生，這件事似乎已經水落石出了，是不是？」

「你什麼時候有了不同的看法？」白羅提出了鼓勵但不直接的問題，希望使話題更接近他期望的線索。

艾格尼絲立即回答：「從報上看到弗蘭克．卡特，就是芮薇爾那個男朋友的報導開始，我就有了不同的看法。報紙上說，他身為園丁卻對那位紳士開槍，我認為，表面上看起來，他似乎腦袋有問題，不過我確實知道有些人會那樣。他們受到了迫害或類似的情況，以為四周都是敵人，讓這些人關在家裡非常危險，最好把他們送進療養院。我想，弗蘭克．卡特或許就是那一類人，因為我清楚記得，他常常到莫利先生那裡去，說莫利先生對他有意見，還設法拆散他和芮薇爾小姐。不過，她當然不聽這些反對他的言論，我們——埃瑪和我都認為這麼做完全正確，因為你無法否認卡特先生長得帥又迷人。但是我們也認為他不會對莫利先生不利。不知你是否明白我的意思？我們只是感到這件事有點怪。」

「怪在什麼地方？」白羅耐心地問。

「先生，就是那天上午，就是莫利先生打死自己的那天上午，我一直在猶豫是不是要跑下樓去拿郵件。郵差很早就來過，可是艾非德還沒有把信件拿上來。通常除非是莫利先生或是莫利小姐的信，否則他不會提早下去拿，要是埃瑪和我的信，他不等到午飯時間是不會拿來的。

「因此，我下樓到了樓梯口，朝樓梯下面看看。莫利小姐不喜歡我們在主人工作時間下樓。所以我想等艾非德領病人去主人的診療室之後，請他去樓下拿。」

艾格尼絲說得氣喘吁吁，深深吸了一口氣接著又說：「就在這個時候我看到他——我是說看到了那個弗蘭克．卡特。他站在樓梯的半路上，我是指我們這個樓層，也就是主人所在的樓上。他站在那裡等著，眼睛朝樓梯下看。我愈看愈覺得不對勁，他好像在注意聽什麼動靜，你明白我的意思嗎？」

「當時是什麼時候？」

「先生，那一定是快到十二點半。我當時在想：咦，這不是弗蘭克．卡特嗎？而芮薇爾小姐又不在，他豈不是要失望？我不知道要不要下樓去跟他說她不在，因為艾非德那個笨蛋一定忘了跟他講，否則他不會在那兒等她。我正猶豫不決時，只見卡特先生好像下了決心，迅速沿樓梯悄悄而下，一直往主人診療室那兒走。我心裡想著，主人一定會不高興，不知道他們會不會發生爭吵。就在這時候，埃瑪在叫我，問我究竟在幹什麼？我就上了樓，後來就聽說，主人開槍打死了自己。我想到發生的這一切，真是膽戰心驚。警察走後，我就跟埃瑪說我看到的事情，我也告訴她我沒有跟警察說那天上午卡特先生與主人的任何情況。我說了以後，她說或許我應該把情況說出來。但無論如何，我說最好再等一等。她也表示同意，因為我們倆都不想讓弗蘭克・卡特陷入麻煩。接著調查的結果是：主人用錯了藥，因為害怕而自己打死了自己，完全合情合理。既然這樣，當然也就不用再說什麼了。可是，看到兩天前報紙上的那條消息。啊！我的想法有了轉變。我對自己說：『他如果真是那種瘋子，以為到處有人在迫害他，那他就有可能到處殺人。』照這樣說，他真的有可能打死主人！」

她的雙眼露出焦急而驚嚇的目光，滿懷希望地看著赫丘勒・白羅。他則盡量以令人安心的口氣說：「艾格尼絲，你可以相信，把這些情況告訴我，是絕對正確的事！」

「是啊，先生，我真的放下了一個沉重的包袱。你看，我一直跟自己說，我或許應該說出來。還有，你知道我要是和警方牽連在一起，我媽會怎麼說啊。她對我們一向要求很嚴格的……」

「是這樣，的確是這樣。」白羅連忙應道。

他覺得，他這個下午實在受夠了艾格尼絲的母親。

§

白羅去找傑派，當他被帶到探長辦公室時，他說：「我想見一見卡特。」

傑派迅速斜掃了他一眼。他問：「你有什麼想法嗎？」

「你不同意我見他？」

傑派聳聳肩說：「啊，我還能持反對意見嗎？那樣做對我沒有好處。內務大臣寵愛的人是誰呀？是你。誰的口袋掌控了半數內閣成員？你的口袋。是你替他們掩蓋了醜聞。」

白羅立刻就想到他稱之為「奧吉剌殺案」那個案子。他不無得意地說：「你必須承認那個案子辦得很神，不是嗎？應當說，非常有創意。」

「除了你以外，誰也不會想到這種事！不過白羅，我認為你有時候也太輕率了！」

白羅的臉色突然嚴肅起來。他說：「這不符事實。」

「啊，算了吧，白羅，我不過隨便說說。只是你有時對自己的聰明也太過自信了。你想見卡特幹什麼？是不是想問他：你真的槍殺了莫利嗎？」

使傑派感到吃驚的是，白羅認真地點了點頭。

「是的，朋友，正是為了這個原因。」

「你以為，他要是真的做了會告訴你嗎？」

傑派邊說邊笑。可是赫丘勒・白羅仍然一副嚴肅的表情，他說：「是的，他可能會告訴我。」

傑派奇怪地看著他說：「你知道，我認識你很久了，有二十年了吧？大概有。但我仍然摸不透你在想什麼。我知道，你對那個年輕人弗蘭克・卡特已經著了魔。不知道為了什麼，你就是不希望凶手是他——」

赫丘勒・白羅一個勁地搖著頭。

「不對，不對，這一點你弄錯了。我另有想法。」

「還是因為他那個——金髮碧眼的女朋友。你有時真是個容易傷感的老傢伙——」

白羅立刻表示抗議。他說：「有傷感之心的人不是我！那正是英國人的失敗之處！在英國，大凡死了心愛的人、死了母親和孝順的孩子，人們都要失聲痛哭一場。至於我呢，我是講邏輯的。如果弗蘭克・卡特是凶手，我當然不會有什麼傷感情緒，不至於想把他和那個女孩拉在一起成婚。那女孩模樣是不錯，不過也是個普通人，如果她的男人被絞死，要不了一兩年，她就會把他給忘了而另找新歡，不是嗎？」

「那你為什麼總不願相信他會犯罪？」

「我巴不得他真是殺人凶手。」

「我猜你是掌握了什麼線索，多少可以證明他是無辜的吧？既然這樣，為什麼不亮出來呢？白羅，你對我們應該公平一點才是。」

「我對你當然是公平的。等一下我會給你一個證人的姓名和地址，她對此案有無法估計的價值，她提供的證據應該能確定是否可指控他。」

「但是那樣——啊！你把我給弄糊塗了。你為什麼急著要見他？」

「為了滿足我自己。」赫丘勒．白羅說。

他不想再說了。

§

弗蘭克．卡特看起來憔悴、慘白，情緒仍然容易激動。他看著這位不速之客，表情帶著毫無掩飾的不悅，張口說話就顯得很粗魯：「原來是你呀，你這可惡的小外國人，你來找我幹什麼？」

「我想看看你，和你談談。」

「好啊，你想看我可以，但是我不想談，除非我的律師在場。這沒什麼錯吧，是不是？你不能以此來指控我吧。我要律師在場才說話，我有這個權利。」

「你當然有這個權利。你可以請律師來，如果你想那麼做。不過我倒寧可你不要。」

「我敢說，我猜你設了圈套，你要引我說出有害自己的證詞吧，嗯？」
「請別忘了，在場的只有我們兩個人。」
「這很奇怪嗎？你安排那些警察在竊聽吧，一定是的。」
「你錯了，這純粹是你我之間的私人相會。」
弗蘭克．卡特哈哈大笑起來。他的樣子看起來很狡猾，也很使人不快。他說：「別來這一套！拿這種騙人的話哄我。」
「你可記得一個叫艾格尼絲．弗萊徹的小姐？」
「從來沒有聽說過。」
「你可能沒注意過她，但是我認為你會想起她。她是莫利先生家的女僕。」
「那又怎麼樣？」
赫丘勒．白羅慢條斯理地說：「莫利先生被害的那天上午，這位艾格尼絲小姐正巧從頂層的樓梯欄杆往下看。她看到你站在樓梯上等待著、聽著什麼。一會兒，她看到你走進了莫利先生的診療室。時間是十二點二十六分，或接近二十六分左右。」
聽到白羅這麼說，弗蘭克．卡特的身子一陣劇烈搖晃，眉毛上汗珠直淌，眼神比以往更為鬼祟，而且煩躁不安地來回走動。他怒氣沖沖，大聲叫嚷著：「這是謊言！天大的謊言！是你收買了她，蘇格蘭警場收買了她，叫她作證說看見了我。」

「按照你自己的說法，」赫丘勒．白羅說，「當時你在瑪麗萊朋路上散步。」

「我是在那兒散步。那個女人在說謊，她不可能看到我，這是骯髒的陰謀。如果真的看到了我，她為什麼之前不說？」

白羅心平氣和地說：「當時她的確和她的朋友兼同事，也就是那位廚師提起過這件事。她們提心吊膽，也感到困惑，不知道該怎麼辦。聽到自殺的結論以後，她們才放了心，認為沒有必要說這件事。」

「我根本就不相信！她們是串通陷害我，這很明顯。這兩個又臭又造謠的小……」

他火冒三丈，緊接著罵出一堆難聽的話。赫丘勒．白羅等他發洩完。卡特的叫嚷聲終於停了下來，白羅又說話了，聲音仍然平靜而有分寸：「憤怒和愚蠢的謾罵對你無益。那兩位小姐說出的事情很具說服力，因為你明白，她們說的是事實。艾格尼絲．弗萊徹的確看到了你，當時你確實在樓梯上。你並沒有離開房子，而你也確實進了莫利先生的診療室。」他稍停一會兒，然後平靜地問卡特：「當時發生了什麼事？」

「我說過了，這是謊言！」

赫丘勒．白羅覺得累了，也覺得自己的年紀太大了。他不喜歡弗蘭克．卡特，非常不喜歡。在他看來，弗蘭克．卡特是個混帳，是個妖言惑眾的傢伙，是個騙子，總之是世人所不齒的那種年輕人。他，赫丘勒．白羅，只要閃到一邊，讓這個年輕人繼續謊話連篇，這世界就會少一個令人討厭的人……

赫丘勒．白羅說：「我建議你說出真相……」

他非常清楚弗蘭克．卡特的作為，他雖然很蠢，但是還不至於蠢到不明白這一點，那就是，最好、最萬無一失的方法就是矢口否認。一旦他承認在十二點二十六分進了診療室，他就是在走鋼索，因為承認那件事以後，他說的任何話都可能被視為謊言。

那麼，讓他否認到底吧！這樣的話，赫丘勒．白羅的任務也就結束了，弗蘭克．卡特極可能被控謀害亨利．莫利而受到絞刑，判他絞刑可能也就伸張了正義。

赫丘勒．白羅只要站起來走開，一切就結束了。

弗蘭克．卡特又在叫著：「這是謊言！」

停頓了片刻。赫丘勒．白羅並沒有站起來轉身離開。他本來可以走，他的確非常想走，但是，他沒有。他欠身向前，對弗蘭克．卡特說話。那聲音體現了他強有力的個性，具有壓倒一切的威懾力量。

「我不是在跟你胡言亂語，請你相信我。如果你沒有打死莫利，你唯一的希望就是告訴我那天上午發生的確切情況，注意，是確切的情況。」

那張卑劣、陰險的臉看著他，動搖了，舉棋不定了。弗蘭克．卡特抿著嘴唇，兩眼轉來轉去，神色驚恐，像一對動物的眼睛。

這電光石火之際……

弗蘭克．卡特在人性力量的驅使下，突然屈服了。他沙啞地說：「好吧，我說。要是你讓我失望，上帝也會詛咒你！我當時的確進了診療室……我一直待在樓梯上等待著，想等到只有他一人在診療室裡才進去。我在莫利的樓梯口等待時，一名男人從診療室裡走出來，下了樓——是個胖紳士。我正決定要進去，突然又有一個男人從診療室出來，也下了樓。我知道，我得迅速行動。我一聲不響，連門也沒有敲就進了診療室。我憋著一肚子氣，要跟他做的蠢事徹底算帳。他唆使我的女朋友離開我，真是混帳——」

他突然停住不說了。

「怎麼啦？」赫丘勒．白羅催促著，他的口氣仍然很緊迫，仍然有一股壓力。

卡特支支吾吾，哭喪著臉說：「他躺在那裡……已經死了。這是實話！我發誓，這是實話！正如調查結果說的，躺在那兒。一開始，我難以相信。我彎下腰看看他，他確實死了。他的手冰冷，頭上有個槍眼，周圍有一片黑黑的血塊……」

回想當時的情況，他的額頭上又沁出了汗珠。

「當時我知道，我已經陷入麻煩，他們一定會說這是我幹的。我只碰了他的手和門把，其他地方我一點也沒有碰；離開前，我還用手帕將門把兩邊擦了擦。我以最快速度下樓，當時大廳裡一個人也沒有。我出了門，盡快跑走。不用說，我感到很奇怪。」

他停住了，受驚的目光轉向白羅。

「這全是實話。我敢發誓，這是實話……當時他已經死了，你一定要相信我！」

白羅站了起來。他用疲倦而悲傷的聲音說：「我相信你。」

他朝門口走去。

弗蘭克．卡特叫嚷著：「他們會絞死我！他們要是知道我在診療室，絕對會絞死我的。」

「你說了實話，你得救了，不會被絞死。」

「我不相信。他們會說──」

白羅打斷了他：「你說的話證明了我所推測的情況。你可以相信我。」

他走了出去，一點也不覺得高興。

§

他在六點四十五分去了伊靈百老匯巴恩斯先生的家裡。他還記得巴恩斯先生曾說過，這個時段是一天中的大好時光。

巴恩斯先生正在花園裡忙著。他招呼著說：「白羅先生，我們需要雨水，非常需要。」

然後若有所思地看著客人說：「白羅先生，你好像有什麼心事？」

「有時候，」赫丘勒．白羅答道，「不喜歡做的事，還是得做。」

巴恩斯先生深表同情地點點頭。

「我了解。」

赫丘勒．白羅茫然地看看周圍那些錯落有致的小花圃，喃喃地說：「這座花園安排得井井有條，一切都排列得很協調，花園雖小，但很精美。」

巴恩斯先生說：「當你有了這麼一塊小地方，你要盡可能充分利用，在安排上可不能出差錯。」

赫丘勒．白羅點點頭。巴恩斯接著說：「我看你找到凶手了吧？」

「你是指弗蘭克．卡特？」

「沒錯。說實在的，我感到很驚訝。」

「你是不是仍然認為，這不應該是個人恩怨的謀殺案？」

「是的。坦白說，我不這麼認為。事情牽涉到安布若提斯和布倫特，我可以肯定，這是間諜和反間諜的混合案件。」

「你第一次和我談話時就是這麼想的。」

「是的。我當時就非常肯定。」

白羅緩慢地說：「但是，你錯了。」

「是呀，痛處就別提了。麻煩的是，人們總是憑自己的經驗去認識問題。我在這類事上參與很深，幾乎是杯弓蛇影了。」

白羅說：「不知道你有沒有看過魔術師的一種牌術表演？那種表演稱作『推骨牌』，是嗎？」

「是的，當然見過。」

「這案件就像這種魔術表演。每當有人以為莫利的死是個人原因，這張牌便會接著推倒另一張牌。安布若提斯、阿利斯泰・布倫特、國家動盪不定的政治……」他聳了聳肩。「至於你，巴恩斯先生，要說把我引向歧途的程度，誰也不能和你相比。」

「啊，白羅先生，是這樣嗎？真對不起。我想，這大概是事實吧。」

「你看，你是處於知情者的位置，因此你說的話是有分量的。」

「嗯，我相信我所說出來的話。所以我只能表示歉意。」他停下來，嘆口氣。「這件事純粹是出於個人動機嗎？」

「一點也沒錯。我花了很長時間才看清了殺人的原因。能夠看清楚，無疑還得碰上一點運氣。」

「什麼運氣？」

「是一些片斷的談話，一些閃閃發光的隻字片語，只可惜我當時並沒有意識到其中的重大意義。」

巴恩斯先生沉思著，用泥刀擦了擦鼻子，鼻子的一側還沾上一小撮泥土。

「你這樣說還真有點神祕。」他溫和地說。

赫丘勒．白羅聳了聳肩說：「或許我感到有點苦惱，因為你對我並不是那麼坦率。」

「我？」

「是的。」

「我親愛的朋友，我從來沒想過人是卡特殺的。據我所知，莫利在他走了很久以後才死的。現在我猜想，人家已經發現，他說他走了，其實並沒有走。」

白羅說：「十二點二十六分時卡特人在診療室，他看到了凶手。」

「這麼說，不是卡特——」

「我說過了，卡特看到了凶手！」

巴恩斯先生說：「他認出他是誰了嗎？」

赫丘勒．白羅慢慢地搖著頭。

09 十七，十八，女僕桌邊忙

第二天，赫丘勒．白羅跟他熟悉的一個劇場經紀人交談了幾個小時。下午他去了牛津。第三天他則驅車去鄉下，回家時天色已經很晚了。

出發前，他曾與阿利斯泰．布倫特在電話中敲定，約在當天晚上見面。

他來到哥德居時已經九點半了。

白羅被領到阿利斯泰．布倫特的圖書室裡，裡面就只有布倫特一個人。

他和客人握手時，臉上滿是急切疑問的表情。

他問：「怎麼樣了？」

赫丘勒．白羅慢慢地點了點頭。

布倫特以懷疑的目光打量他。

「找到她了嗎？」

「找到了，找到了，我找到她了。」

他坐了下來，嘆著氣。

阿利斯泰．布倫特問道：「你累了？」

「是的，是累了。我要告訴你的可不是什麼好消息。」

布倫特問道：「她死了？」

「這要視情況而定，」赫丘勒．白羅慢吞吞地說，「也要看你怎麼看待這件事。」

布倫特直皺眉頭。他說：「我親愛的朋友，一個人不是死，便是活。森伯莉．西爾小姐應該是兩者之一吧？」

「啊，可是森伯莉．西爾小姐是誰呀？」

阿利斯泰．布倫特說：「你不會說……這個人根本不存在吧？」

「啊，不是，不是。有這個人，她曾住在加爾各答，教英文，她忙著自己出色的工作。後來她乘馬哈拉納號到了英國，與安布若提斯先生同一條船。他們雖然是不同等級的艙房，但是他幫了她一些忙，比方提行李之類的事，看來他是一個在小事上樂於助人的人。布倫特先生，善意常常以意想不到的方式得到回報，你知道，同樣的事就發生在安布若提斯先生身上。後來他碰巧在倫敦的大街上又遇到了那位小姐，他慷慨而善意地邀請她到薩伏飯店吃午飯。對她來說這是一次意外的款待；而對安布若提斯先生來說，卻是一次意外的橫財！因為他的款待並不是預先設計的，他根本想不到，這位憔悴的中年女人將要回報他的，等於是一座金礦。不論怎樣，她是這麼做了，儘管她自己從來沒有想到事情會如何發展。

「你知道，她不是那種非常聰明的人。人是好人，心地善良，可是那個腦袋瓜子，簡直笨得像母雞。」

布倫特說：「這麼說，謀害查普曼那女人的不是她？」

白羅慢慢地說：「要把這件事講清楚還真難。我想，還是從我開始處理這件事時說起，從一隻鞋說起。」

布倫特茫然地問：「一隻鞋？」

赫丘勒．白羅點點頭。

「是的，一隻附著裝飾鞋釦的鞋。在牙醫診療室裡看過牙以後，我站在夏洛特皇后大街五十八號的台階上，見到門口停了一輛計程車。車門打開以後，就見到一個女人的腳跨下了車。我這個人一向喜歡注意女人的腳踝。那隻腳形狀很好看，腳踝勻稱，長筒襪質量上乘，但是我不喜歡那雙鞋。那是一雙新鞋，閃閃發亮的漆皮鞋，鞋上有一顆很大的裝飾鞋釦，不好看，一點也不別致。

「我正在這麼打量的時候，就見到她整個人也下了車。說實在的，真令人失望，一個中年女人，沒有一點魅力，身上衣服也不像樣。」

「是森伯莉．西爾小姐嗎？」

「正是。她下車時，意想不到的事發生了——她的鞋釦在車門口給卡住了，而且被扭了下來。我拾起來給她，就是這麼回事。這件小事也就結束了。

「後來，就在同一天，我去找傑派探長，並跟那個女人見了面（順便說一下，那個鞋釦她還沒有縫上）。當天晚上，森伯莉．西爾小姐走出了旅館，從此就失蹤了。我們可以說，第一階段到此告一段落。

「從傑派探長把我找到金利波山莊，便開始了第二階段。在那幢公寓裡有一個鐵箱，箱子裡發現了一具屍體。我去了那裡檢查箱子，首先看到的就是一雙破舊而附有鞋釦的鞋！」

「是嗎？」

「你還沒有注意到問題所在。那是一隻破舊的鞋，一隻穿舊了的鞋。可是，森伯莉．西爾小姐到金利波山莊那天，也正是莫利遇害的同一天。早上是一雙新鞋，晚上就成了舊鞋——你能理解吧，一個人是不會在一天之內穿舊一雙鞋的。」

阿利斯泰．布倫特興趣不大，他說：「依我看，她可能有兩雙鞋吧？」

「啊，情況並不是如此。我和傑派去了格倫戈里飯店，查看了她的全部衣物，那裡根本就沒有一雙附有裝飾鞋釦的鞋。沒錯，她可能有一雙舊鞋，在勞累一天以後，在晚上換穿了舊鞋出門，是不是？就算是換了鞋，那麼新的那一雙應該會放在旅館裡。你看，這不是很奇怪嗎？」

「我看不出這有什麼大不了的。」

「是的，是沒什麼大不了的，根本就沒什麼。可是我對於無法解釋的事總是耿耿於懷。我站在鐵箱旁邊看著那隻鞋——那個裝飾鞋釦已經縫上去了。坦白說，我當時就有點懷疑，我懷疑我自己。我自問：是啊，赫丘勒．白羅，難不成今天上午你是戴著玫瑰色眼鏡在看世界，連舊鞋、新鞋你也分不清了嗎？」

「或許這就是原因所在？」

「不是，它不是。我的眼睛並沒有欺騙我！我繼續查看那女人的屍體，我不喜歡她的樣子。凶手為什麼要大肆毀容？為什麼要刻意毀得叫人無從辨認？」

阿利斯泰．布倫特有點不安了。他說：「我們非得再回顧一次嗎？我們已知道——」

赫丘勒．白羅回答得很堅決：「絕對有必要。我要帶你跨上台階，那是最終引導我看清楚事實真相的台階。我對自己說：『這裡有點不對。這女屍穿的是森伯莉．西爾小姐的衣服（或許那雙鞋除外），用的是森伯莉．西爾小姐的手提包，但就獨獨她的面孔認不出來？是否那不是森伯莉．西爾小姐的面孔？我立即開始做比較，腦中整理著另外那個女人被描述的面貌，也就是擁有這個房子的女人。我問自己，有沒有可能死在這兒的其實是那個女人？我接著查看了她的臥室。我盡力想像她是個什麼樣的女人。從外表上看，她和西爾小姐大相逕庭。她看來時髦、衣服華麗、裝扮很濃；然而就本質上而言，這兩個女人並非不相像，如頭髮、身材、年齡……不過，有一點不　樣。艾伯特．查普曼夫人穿的是五號鞋，而我知道森伯莉．西爾小姐穿十吋的絲襪，以此推測，她至少是穿六號鞋；這麼一比較，可知查普曼夫人的腳比森伯莉．西爾小姐的腳要小。我走回到屍體那兒。如果我半成形的想法正確，亦即那具屍體確是穿著森伯莉．西爾小姐衣服的查普曼夫人，那麼那雙鞋應該嫌大。我想脫下一隻鞋，可是鞋子鬆不下來，套在腳上很緊。這表明那真的就是森伯莉．西爾小姐的屍體！但如果真的是，為什麼要毀容呢？看手提包就能辨認出是她的屍體——手提包很容易拿走，可是偏偏沒拿走。

「這令人困惑，一片混亂。在急切之中我找到查普曼夫人的通訊錄——只有牙醫能明確證明屍體是誰，或不是誰。說來也巧，查普曼夫人的牙醫就是莫利先生。莫利雖然死了，但這女屍還是有辦法辨認。你知道後來的結果，接替莫利的牙醫在驗屍法庭上認出來，那是艾伯特．查普曼夫人的屍體。」

布倫特有點煩躁不安，但白羅未予理會，接著說：「我還有個性格分析的問題要解決。梅布爾．森伯莉．西爾是什麼樣的女人？這個問題有兩個答案。第一個答案很明顯：她在印度度過大半生，她的朋友們都證實了這一點，並說她為人誠實，工作勤奮，不過有點傻氣。

有沒有另外一個森伯莉．西爾小姐？顯然有。有個女人，她某天和一個有名的外國間諜一起吃午飯——她曾在大街上與你打招呼，聲稱是你夫人的密友（完全不真實）——她在一個男人被謀殺前不久才離開他的房間；到了晚上，她又去拜訪了一個當時鐵定已被謀殺的女人；她明知道英國警方在追查她，但是她在那以後就消失了。這些行為與朋友們所說的她，品性相合嗎？看來並不符合。因此，森伯莉．西爾小姐如果不是善良而和藹的女人，那麼她很可能是個冷酷無情的凶手，不然幾乎可以肯定是個幫凶。

「我還有一個判斷，就是我個人的印象。我自己親自跟梅布爾．森伯莉．西爾小姐談過話。她給我留下什麼印象呢？布倫特先生，這是最難說得清的問題。她說的那些話、她談話的口氣、她的神態以及她的姿勢，這一切完全符合她固有的性格。但是也同樣符合一個聰明的演員在扮演的角色；而梅布爾．森伯莉．西爾畢竟是以演員起家。

「我和巴恩斯先生有過一次談話，留給我的印象很深。他住在伊靈百老匯，出事的那天他也在夏洛特皇后大街五十八號看病。他堅信莫利和安布若提斯兩人的死是偶發的，也就是說，凶手真正想害的人是你。」

阿利斯泰．布倫特說：「啊，是這樣嗎？這也太牽強了點。」

「沒錯吧，布倫特先生？是有很多團體迫切地想要——除掉你，對吧，把你除掉，好讓你不能再發揮影響力，不是嗎？」

布倫特問：「啊，是的，那是事實。但是這樣的事與莫利的死有何相干呢？」

白羅說：「因為這個案子……怎麼形容？是個極度任性的罪行。執行不計代價，人的性命也不看在眼裡。是的，滿不在乎、任性妄為，於是導致了一個大型的犯罪！」

「你並不認為：莫利是因為用藥錯誤而自殺？」

「從來不這麼認為，一刻也不曾那樣想過。不是的，莫利是他殺；安布若提斯是他殺；那個難以辨認的女人是他殺。為什麼？為了某種重大利益。巴恩斯的看法是：有人企圖收買莫利或他的夥伴，要把你做掉。」

阿利斯泰・布倫特尖聲說：「不可能！」

「啊，這不可能嗎？你是指想把某人做掉這種事？說得也沒錯——除非那人事先就得到警告、事先做了防備，以致無法接近。所以，要想幹掉那人，必須既能接近他又不至於使他產生懷疑。當你躺在牙醫診所的診療椅上，豈不是比在任何地方都容易放鬆戒心嗎？」

「對，這倒是真的，我從來不曾想到。」

「的確是這樣。我意識到這一點時，第一次看到了真相在閃亮。」

「因此你同意巴恩斯的看法了？順便問一下，巴恩斯是什麼人？」

「巴恩斯是賴利在十二點看診的病人。他是內政部的退休人員，現在住在伊靈百老匯，是個微不足道的人。但是，如果你說我同意他的看法那就錯了。我沒有同意，我只是同意他的原則。」

「什麼意思？」

赫丘勒．白羅說：「在整個調查中，我一直被誤導，有時候是因為能力不足，有時候是為了某個目的而誤判。整個過程使我認識到，這是一種你可能稱之為政治犯罪的案件。就是說，因為你，布倫特先生是個公眾人物，所以成了整個事件的焦點。你，大銀行家！你控制著國家金融！你，堅持著保守黨的傳統！

「但是，知名人物也有他的個人生活。我忘了個人生活這一方面，這是我的錯誤。謀殺莫利會有其個人動機，比如弗蘭克．卡特就有可能。

「謀殺你同樣也存在著個人動機。你有一些親戚，當你死了以後，他們可以繼承你的財產。你周圍的人，有的愛你，有的恨你，無論是愛你還是恨你，都是把你當成一個個人，而不是把你當成一個知名人士。

「因此，我是碰上了一個我稱之為『誘引選牌』的案子。弗蘭克．卡特有對你襲擊的意圖，如果這個襲擊成功了，那麼這就是一樁政治犯罪，但還有沒有別的解釋呢？可能有。當時在灌木叢裡還有第二個人，就是衝上前揪住卡特的那個人。他可以放了一槍以後再把槍扔到卡特腳下，這麼做是很容易的；卡特不可避免地會把槍撿起來，然後大家就看見他手裡拿著槍……

「我曾經思考過霍華．雷斯的問題。莫利出事的那天上午，雷斯也出現在夏洛特皇后大街。雷斯不論是對你的主張或你本人，都懷有極深的敵意，但是，他不只是你的某個敵人，他還有可能與你甥孫女結婚。你一旦死了，你的甥孫女將繼承一大筆財產，儘管你已經做了妥善的安排，不讓她接觸到財產委託人。

「這一切會不會只是因個人因素犯的罪？為了個人得失、為了滿足個人願望的犯罪。那我為什麼一直認為它是椿社會犯罪呢？因為不只一次，而是一次又一次，總有人引導我做如是想，就像變魔術時，觀眾不由自主地會遵照魔術師的意願選牌……

「就在我有了那種想法的時候，我第一次看到了一絲真相。那時我去了教堂，唱了一段讚美詩。詩中提到帶有繩索的陷阱……

「一個陷阱？衝著我？是的，有可能……但是，如果真是那樣，是誰設下陷阱的？能設計出這個陷阱的只有一個人……但那實在說不通──或許未必？我是不是倒因為果了呢？不計代價？沒錯！全然罔顧人命？正是。因為這罪孽深重的人下了豪賭……

「我這種奇怪的新想法如果正確，那麼一切問題便迎刃而解。比如，森伯莉．西爾小姐的奧祕就可以解釋；那雙有裝飾鞋釦的鞋子也可以解釋清楚；它還能解答那個問題：森伯莉．西爾小姐現在在哪兒？

「是呀，如此一來，這些問題，以及其他別的問題都可以解決。它還說明了這件案子的開端、發展以及結束，都與森伯莉．西爾小姐相關，無怪乎，我一直以為有兩個梅布爾．森伯莉．西爾，因為事實上確實有兩位森伯莉．西爾小姐。這兩人一個心地善良、和藹可親又有點傻氣，朋友們都對她絕對信任；另一個則參與了兩次謀殺，謊話連篇，而且神祕失蹤。

「還記得吧，金利波山莊的門房說過：森伯莉．西爾小姐以前曾經去過那裡……

「我重新思考了這個案子。那所謂的第一次其實也是僅有的一次——她根本就沒離開過金利波山莊。另一個森伯莉．西爾小姐代替了她。那另一個森伯莉．西爾穿著同樣的衣服，穿著一雙帶有裝飾鞋釦的新鞋，因為前者的鞋她穿嫌太大。她就這麼到了羅素廣場旅館，去的時間剛巧是旅館正忙的時候，她收拾了死去女人的衣物，付了房錢走了，之後她搬到了格倫戈里飯店。記住，從那以後，正牌森伯莉．西爾小姐的那些朋友就沒再見過她了。她扮演森伯莉．西爾的角色為時一星期。她穿森伯莉．西爾的衣服，說話用森伯莉．西爾的腔調，但是她還是得買一雙小一點的鞋子。接著，她失蹤了，最後一次被人看到，是她再次進入金利波山莊，時間是在莫利遇害的那天晚上。」

「你的意思是說，」阿利斯泰．布倫特問，「公寓的那具屍體一直就是梅布爾．森伯莉．西爾？」

「當然是！這玩的是雙重假象，挺聰明的。毀容的目的是引發辨認女屍的疑問！」

「可是牙醫的證據呢？」

「啊，我現在就談這個問題。並不是牙醫自己提出證據。莫利已經死了，他不可能就自己的工作提出什麼證據來。他本來知道死去的女人是誰，牙醫的記錄圖表可作為證據，可是那份記錄已被偽造。要記得，這兩個女人都是他的病人，只要把圖表記錄換個名字、重新貼上標籤就行了。」

赫丘勒．白羅繼續說：「當你問我那女人是死了還是活著時，我回答說：『這要視情況而定』，現在你明白我的意思了吧？當你提到『森伯莉．西爾小姐』時，你指的是哪一個女人？是指從格倫戈里飯店消失的女人呢，還是指真正的梅布爾．森伯莉．西爾？」

阿利斯泰．布倫特說：「白羅先生，我知道你一向聲望卓著，因此我承認你做出這樣非比尋常的假設一定有你的理由——但這是一種假設，不過是假設而已。在我看來這一切是不可能的，是異想天開。你不是說，梅布爾．森伯莉．西爾被別人蓄意謀殺、莫利也被謀害，以免他認出屍體來嗎？可是，這是為了什麼？這是我想要明白的問題。這樣一個女人——對人完全無害的中年女人，有許多朋友，而且顯然沒有敵人，凶手為什麼要費那麼大力氣謀殺她呢？」

「為什麼？是啊，這是個問題，為什麼？如你說的，梅布爾．森伯莉．西爾是個不會傷害任何人、連蒼蠅都不肯殺害的人，那為何會被殘忍地殺害？好吧，我告訴你我的看法。」

「是如何？」

赫丘勒．白羅身子向前湊了湊說：「我認為，梅布爾．森伯莉．西爾被謀害，是因為她對人的面孔有極好的記憶力。」

「什麼意思？」

赫丘勒．白羅說：「我們對這兩個女人的個性已經有所了解。其中一個從印度而來，於人無害，但是有一件小事卻牽涉到她們倆。曾在莫利先生門口台階上跟你說話的，是哪一個森伯莉．西爾小姐？你記得吧，她當時聲稱是『你妻子的親密朋友』；而這樣的聲稱，以她的朋友及可能性來判斷，都是不可能的。因此我們可以說：『這是謊言。但真正的森伯莉．西爾小姐是不說謊的』，以此推論，這位便是冒牌貨，為了她自己的目的在說謊。」

阿利斯泰．布倫特點了點頭。

「對，這有道理。不過我仍然不明白這樣做目的何在。」

白羅說：「啊，請原諒，讓我們換一種方式來看待這個問題。如果她是真的森伯莉．西爾小姐，她不會說謊話，那麼那句話就可能是真實的。」

「你這樣看問題也可以，但是這似乎不大可能——」

「當然不大可能！但我們暫且把這第二種假設當真，當作真有那麼一回事。好了，森伯莉．西爾小姐的確認識你夫人，她還對你夫人非常了解。因此，你夫人應該是森伯莉．西爾小姐所熟知的那一類人，是個與她屬於同一個圈子的人。一個英裔的印度人，一個傳教士，或者再追溯得更遠一點——一個女演員！因此，這人不是你現任的太太麗貝卡・安霍特！

「布倫特先生，現在你可明白我談到的個人生活和公眾生活是什麼意思了吧？你是大銀行家，但是你娶了一個有錢的夫人。你和她結婚以前，你不過是公司的一個小職員而已，那時你才剛離開牛津不久。

「你理解吧，我已經開始以正確的方式來分析這個案子。不在乎錢財？對你來說當然不是；濫殺無辜？這也不是你的初衷。實際上，長期以來你一直是個掌握權力的人。一個擁有權力的人，一定十分看重自己，所以其他人對他而言均無足輕重。」

阿利斯泰・布倫特說：「白羅先生，你要說什麼？」

白羅平靜地說：「布倫特先生，我要說的是，當你和麗貝卡・安霍特結婚時，你已經是有婦之夫了。你隱瞞了這個事實，因為前途實在太誘人，不但會擁有龐大的財富，還有極大的權勢；因此你有意識地犯了重婚罪，你真正的夫人對此事也採取了默許的態度。」

「那這個真正的夫人是誰？」

「艾伯特・查普曼夫人就是她的姓名，她以此姓名在金利波山莊出入，那裡距離你在切爾西河堤岸的房子只有數步之遙，步行過去五分鐘就到了。你借用了一名間諜人員的名字，並且讓別人以為她有一個做情報工作的丈夫。你的計畫很成功，從來沒有引起任何懷疑，但是你和麗貝卡・安霍特的婚姻一直不合法，這個事實依然存在。你犯了重婚罪，多年來你根本沒想到會有危險。但頭痛的事發生了，一個討厭的女人在過了將近二十年以後把你認了出來，認出你是她朋友的丈夫。她偶然中來到這個國家，也是偶然的機會，讓她在夏洛特皇后大街碰到了你——恰巧當時你甥孫女和你在一起，聽到了她跟你所說的話，否則我恐怕是永遠也猜想不到。」

「我親愛的白羅，那件事是我自己告訴你的。」

「不是，是你的甥孫女主張要告訴我，你不好激烈反對，以免引起懷疑。那次會面後，又發生了一次引發犯罪念頭的事件（從你的觀點來看）。梅布爾・森伯莉・西爾碰到了安布若提斯，並和他共進午餐，她跟他喋喋不休地談起她遇到一位朋友的丈夫，『在隔了這麼多年之後』、『看上去是老了點，但模樣幾乎沒什麼改變』。當然，這都是我的猜測，但我相信她會這麼說。我認為，梅布爾・森伯莉・西爾絲毫沒意識到，她朋友所嫁的這位布倫特先生是掌控世界金融的權勢人物，因為那個名字畢竟不是什麼非同尋常的名字。但別忘了，安布若提斯不僅在從事顛覆活動，他還是個敲詐高手，敲詐勒索的人鼻子特別長，專門探索祕密。安布若提斯感到好奇，他很輕易地打聽到這位布倫特先生是何許人。後來，我毫不懷疑他寫信或是打電話來跟你勒索。沒錯，安布若提斯找到了一座金礦。」

白羅停了一會兒，接著說：「處理一個精明又老練的敲詐者，最有效的辦法就是叫他閉嘴，這是唯一的辦法。

「我曾經誤以為，這件事情是『布倫特一定得除掉』；恰恰相反，其實是『安布若提斯一定得除掉』。不過答案還是一樣，要想幹掉一個人，最容易下手的辦法就是趁其不備。一個人最容易放鬆警惕的地方，除了在牙醫診所的椅子上，還會有更好的嗎？」

白羅又停了下來，露出虛弱的微笑，接著說：「這個案子的真相很早就被提起了，叫艾非德的那個接待生當時在看一本謀殺小說，書名叫作《十一點四十五分的命案》，我們本該以此作為徵兆，因為那正是莫利被害的時間。在你要離開診療室的時候，用槍打死了莫利，接著你按了電鈴，又把洗手槽的水龍頭擰開，才離開了診療室。你安排下樓的時間，是艾非德帶著那個假的梅布爾．森伯莉．西爾上樓的時候。實際上，你下樓打開了前門，假裝出去了，當電梯門一關上，電梯向上運行時，你又偷偷從樓梯跑到了樓上。

「我親自經歷過，艾非德帶病人上樓後會做些什麼。他會敲敲診療室的門，把門打開，向後退，讓病人進去。裡面會有自來水的嘩嘩聲，這顯示莫利像平時一樣在洗手，但艾非德並不會看見莫利本人。

「接著，艾非德又下樓去了。他一走，你就悄悄溜進了診療室，你和你的同夥抱起莫利的屍體，放到隔壁那間辦公室。然後找出查普曼夫人和森伯莉．西爾小姐兩人的檔案，進行了巧妙的變造。你穿上了白色亞麻布外衣，你夫人可能還為你化了妝。但是也不需要太費事，因為安布若提斯是第一次到莫利這兒來看牙齒，他從來沒見過你，你的照片也很少在報端出現。再說，他為什麼會心生疑慮呢？一個敲詐之徒也不會懼怕自己的牙醫。森伯莉下樓後，你按響了電鈴，安布若提斯被帶了上來。他發現牙醫在門後洗手，他遵照吩咐坐到了椅子上，接著他就指著自己的病牙。你以一般的方式說話，並跟他解釋最好要麻醉牙床，上一些諾凡肯和腎上腺素。你上的劑量很大，足以置人於死地。但他一點也沒感覺你在醫療上不夠專業！

「安布若提斯完全不存疑心，他走了。你把莫利的屍體拖出來放在地上，再把他輕輕拖到地毯上，現在你得一個人處理後事了。你擦了擦手槍，把槍放在他手中，又擦了擦門把，免得你的指紋留在上面，你用過的工具全都放在消毒器裡。你離開房間，下了樓，從大門走出去。你小心選擇了最適當的時機，因為那是唯一產生危險的時刻。

「這一切本該是天隨人願地順利！對你造成威脅的兩個人都死了，還有一位無關的第三者也死了——但是從你的觀點來看，那是在所難免。這些人的死因都很容易解釋，莫利的自殺可以解釋為對安布若提斯用藥錯誤引起的，兩個人的死亡都排除了謀殺的嫌疑，它們是由於一個令人遺憾的事故引起。

「可是你該感到遺憾，在場的人有我；我產生了懷疑；我對這一切持不同意見。事情已不像你設想的那麼順利，因此，你必須找到第二道防線，如果有必要，還得找個代罪羔羊。你已經獲悉了莫利住宅的情況，知道有個人叫弗蘭克．卡特，他可以擔當這個角色。因此，你的同夥做了安排，用祕密方式雇用他當園丁，以後即使他說出這樣可笑的事，誰聽了也不會相信。按照你的安排，鐵箱裡的屍體終究會被發現，一開始，人們會以為那是森伯莉．西爾小姐的屍體，後來從牙醫方面找到證據證明不是她。真是震驚輿論的大案件！看似沒有必要的複雜，其實確實有必要。你不想讓英國警方去查找一個失蹤的艾伯特．查普曼夫人。所以必須讓查普曼夫人死亡，而讓警方去追查梅布爾．森伯莉．西爾，因為他們永遠也找不到她了。此外，你還透過你的影響力，做出讓案件不了了之的安排。

「你的確那麼做了。既然你必須轉移警方追查的目標，因此你有必要知道我在做什麼，並慫恿我為你尋找那位失蹤的女人。你不斷地對我使出『誘引選牌』的遊戲。你的同夥打電話給我，說了些戲劇性的警告，要讓我有同樣的想法，認為整件事跟諜報活動有關。她是個精明的演員，除了要掩飾自己原來的聲音之外，還得模仿別人的聲音。你夫人模仿的是奧利弗拉夫人的聲調，那曾使我大為困惑，我不得不佩服。

「接著，我被帶到埃克聖上演了最後一幕戲。把裝上子彈的手槍放在桂樹叢中，讓園丁在工作時使手槍掉落在他的腳旁，這樣安排是何等容易的事。他吃了一驚，把槍撿起來。你還要幹什麼呢？他當場被逮住再也無法脫身，因為他會說出一些令人覺得可笑的事，而且他手裡拿的槍跟打死莫利的那一把一模一樣。

「這一切，都像陷阱一樣設在赫丘勒．白羅的腳下。」

阿利斯泰・布倫特在椅子上稍微震動了一下，他臉色沉重而且有點悲傷。他說：「白羅先生，別誤解我了。你說的這些事情，有多少是你的猜測，有多少是真實的呢？」

白羅說：「從牛津附近的戶籍登記處我拿到一份結婚證書，是馬丁・阿利斯泰・布倫特和格妲・格蘭特的結婚證書。弗蘭克・卡特在剛過十二點二十五分時，看到兩個人走出莫利的診療室，第一個人是個胖子，安布若提斯；第二個，當然就是你。但是弗蘭克・卡特並沒有認出是你，他只是從上面向下看到了你。」

「你這樣說還挺公正的。」

「他進了診療室，發現了莫利的屍體，他兩隻手冰冷，槍口周圍的血跡已經凝固。這表示莫利已經死了有些時間了。因此幫安布若提斯看牙齒的不可能是莫利，一定是殺害莫利的凶手。」

「還有嗎？」

「有。海倫・蒙翠索今天下午被逮捕了。」

阿利斯泰・布倫特猛然動了動身子，但接著就坐得很安穩了。他說：「那……真令人難過。」

赫丘勒・白羅說：「是的。真正的海倫・蒙翠索，是你遠房的表親，早在七年前死於加拿大。你隱瞞了這個事實，並對此加以利用。」

阿利斯泰・布倫特嘴角邊泛起了微笑。他態度自然，還帶點孩子般的愉悅說：「你這個人很靈光，我希望你能理解。我和格妲結婚並沒有讓我的熟人知道，她當時在劇團演戲，我認識的那些人想法都很狹隘。當時我正要去公司工作，我們都同意不對外聲張。她則繼續她的演出。梅布爾・森伯莉・西爾也在劇團裡工作，她對我們比較了解，後來，她隨著旅行團到了國外，格妲還曾收到她從印度寄來的一兩次信，然後她就中止了通信。梅布爾和一些印度人混在一起了，這個女人就是有點傻，容易上當。

「但願我能讓你明白，我和麗貝卡的相逢以及我結婚的情況，格妲是理解的。我只能用『皇家盛典』這樣的詞來形容。我有機會娶了個女王，自己就像是女王的丈夫，甚至可以說像個國王。我把自己和格妲的婚姻看成是高身分的丈夫和低身分的妻子。我愛她，不想拋棄她。一切非常如意。我非常喜歡麗貝卡，她是個有商業頭腦的女人，這方面我和她都是一流的。我們都擅長團隊工作，這讓人興奮。她是個非常棒的夥伴，我認為我也使她感到愉快。她死時我心裡非常難過。奇怪的是，我和格妲愈來愈喜歡祕密會面的驚喜。我們用各種各樣巧妙的方法見面。她天生是個演員，能扮演七、八種人物的角色——艾伯特・查普曼夫人只是其中一個。她是個住在巴黎的美國寡婦，我會藉出差機會到巴黎和她碰面。她也曾以藝術家身分帶著繪畫作品去挪威，而我會到那兒去釣魚。後來，我就讓她裝成是我的表親海倫・蒙翠索。我們倆都感到極為有趣，我覺得這使我們維持著良好的關係。麗貝卡死了以後，我們本來可以正式結婚，但是我們都不想那麼做。格妲會發現，她難以適應我檯面上的生活，一些往事很可能會被翻出來。但我們多少都覺得，真正的原因還是喜歡那種祕密的驚喜。一旦正式結了婚，我們勢必受不了那種單調、公開的家庭生活。」

布倫特稍停了片刻，接著說話時，他的口氣變了，變得有些嚴峻。

「後來，那個討厭的女人把一切都弄糟了。隔了那麼多年，她竟然還認出了我！她把我的情況告訴了安布若提斯。你知道，那一定要採取什麼辦法了！這不僅僅為了我自己，並不僅僅是自私的動機，如果我被毀了、丟臉了，國家，我的國家，也會受到同樣的打擊。白羅先生，我為英國做事，我要讓英國強大，使它有能力，讓它擺脫獨裁、擺脫法西斯主義以及共產主義的侵略。我並不是把錢看得很重，但我確實喜歡權力，我喜歡支配，但是我不想濫施暴政。英國是民主的，真正的民主。對那些政治家，我們可以大聲抱怨他們，想說什麼就說什麼，想嘲笑他們就嘲笑他們，我們是自由的。我念念不忘的全是我終身的事業。如果我一旦——好，你知道可能會發生什麼情況。白羅先生，國家需要我。那可惡的希臘人，敲詐勒索我，要毀掉我一生的事業，我一定要想辦法阻止他，格妲也覺得有這個必要。對於森伯莉．西爾那個女人，我們感到遺憾，但這無濟於事。我們要封住她的嘴，我們無法相信她不會洩漏。格妲去看她，承諾要請她喝茶，叫她去找查普曼夫人，說她就住在查普曼先生的公寓裡。梅布爾．森伯莉．西爾來了，絲毫不存戒備，她根本就不知道茶裡放了藥，她毫無痛苦的感覺，只是睡著了而且永遠醒不來了。至於毀容的事是後來做的——頗令人噁心，可是我們認為有必要。查普曼夫人即將永遠消失。我給我的『表親』海倫一座別墅住，我們決定過一段時間就結婚。但是首先要把安布若提斯除掉。這事做得很漂亮，他根本沒有想到我不是真正的牙醫。我注射得很成功，沒有任何失誤。注射以後，他當然不知道我在幹什麼，或許還感覺很舒服呢！」

白羅問：「那兩把手槍呢？」

「那是我在美國時的一位祕書的。他是在國外買的，離開時忘了帶走。」

阿利斯泰．布倫特停了一會兒以後，問道：「你還想知道什麼？」

赫丘勒．白羅問：「莫利的情況呢？」

阿利斯泰．布倫特只是簡單地說：「對於莫利我感到遺憾。」

赫丘勒．白羅說：「是的，我明白……」

沉默了很久以後，布倫特說：「白羅先生，還有什麼嗎？」

白羅說：「海倫．蒙翠索已經被逮捕。」

「那麼現在輪到我了？」

「對，正是此意。」

布倫特輕聲問：「可是你這麼做未必愉快吧，是不是？」

「是的，根本不覺得愉快。」

阿利斯泰．布倫特說：「我殺了三個人，因此，我似乎應該被判處絞刑。可是你已經聽到了我的辯詞。」

「什麼辯詞？能請你說得確切一點嗎？」

「我認為，我真心誠意相信，從維持長久和平及全民福祉來看，這個國家少不了我。」

赫丘勒．白羅表示認可。「對，這有可能。」

「你同意我的看法，對吧？」

「對，我同意。在我心裡，你對所有的問題所採取的立場都很重要。為了讓人們頭腦清醒、不偏不倚，為了局面的穩定，為了辦事公道，都需要你。」

阿利斯泰．布倫特悄聲說：「謝謝。」他接著又問：「那要怎麼辦呢？」

「你是要我……從這案子中罷手？」

「是的。」

「你夫人呢？」

「我有很大的影響力，『認錯』了人是個解決之道。」

「如果我不罷手呢？」

「那麼，」阿利斯泰．布倫特直截了當地說，「我堅持要求你罷手。」

他接著說：「白羅，現在決定權在你手上。但是我要說的是，這不僅僅是自我保護的問題——這個世界需要我。你知道為什麼嗎？因為我是誠實的人，因為我有理智，沒有什麼特別的私心。」

白羅點點頭。奇怪的是，他居然相信這一切。

他說：「是的，那是一個面向，在那個部分你是對的，你頭腦清醒、主持公道、不偏不倚。但是你還有另一個問題：三條人命死在你手上。」

「是的。但是想一想，這三個人是什麼人！梅布爾．森伯莉．西爾，你自己就說過，她是個頭腦笨得像母雞的女人！安布若提斯，一個惡棍，一個敲詐勒索之徒！」

「莫利呢？」

「先前我說過，對於莫利我很遺憾，他畢竟是個有身分的人，一個高明的牙醫，不過，這樣的牙醫還多著呢。」

「沒錯，」白羅說，「的確還有許許多多這樣的醫生。那麼，弗蘭克．卡特呢？你本來也想置他於死地，你不感到後悔嗎？」

布倫特說：「像他這樣的人，我毫無憐憫之心。他不是個好東西，不折不扣的無賴。」

白羅說：「但是，他也是人生父母養……」

「啊，是啊，我們都是人生父母養……」

「對，我們都是人生父母養，而恰恰是這一點你沒有記住。剛才你說梅布爾・森伯莉・西爾是個笨女人、安布若提斯是個惡人、弗蘭克・卡特是個無賴，莫利呢，莫利不過是個牙醫，而牙醫多得很。布倫特先生，這正是我和你看法不同的地方。在我看來，這四個人的生命和你一樣，都是很珍貴的。」

「你錯了。」

「不，我沒有錯。你這個人很偉大，天生的誠實和耿直。但你走偏了一步——只是表面上看不出來。在公開場合，你還是那樣公正、誠實、可信；可是在內心世界，你嗜愛權力，這種欲望漸漸增長到壓倒一切的程度。因此，你拿四條人命當犧牲品，因為你認為他們微不足道。」

「白羅，難道你就沒意識到，國家的安全、人民的幸福都寄託在我身上嗎？」

「那些我不關心，先生，我關心的是個人的生命，每個人都有權利保護自己的生命不受侵犯。」

他站了起來。

「這就是你的答覆？」阿利斯泰・布倫特問道。

赫丘勒・白羅帶有倦意地說：「是啊，這就是我的答案……」

他走到門口那兒，把門打開，兩個人走了進來。

§

赫丘勒．白羅往那位等著他的女孩走過去。

珍．奧利弗拉臉色慘白、心力交瘁地站在壁爐旁。她身邊是霍華．雷斯。

她招呼著：「怎麼樣了？」

白羅輕聲回答：「一切都結束了。」

雷斯粗魯地說：「這話是什麼意思？」

白羅答道：「阿利斯泰．布倫特先生因謀殺罪名被逮捕了。」

雷斯說：「我以為他收買了你。」

珍說：「不會的，我就不會那樣想。」

白羅嘆了口氣。他說：「世界是你們的。新的天，新的地，是你們的。孩子們，在你們的新天地裡，讓那兒有自由、有憐憫……我祈求的就是這些。」

10

十九，二十，食物吃光光

赫丘勒．白羅走在回家的路上，此時大街上行人稀少。

一個不起眼的人湊到他跟前。

「怎麼樣？」巴恩斯先生問道。

赫丘勒．白羅聳聳肩，兩手一攤。

巴恩斯又問：「他是什麼態度？」

「他什麼都承認，但請求辯護，他說這個國家需要他。」

「這倒也是。」巴恩斯先生說。

稍停了一兩分鐘，他又問：「難道你不這麼認為嗎？」

「是，我也是這麼認為。」

「那麼——」

「我們可能錯了。」赫丘勒·白羅說。

「我從沒想過結局是如此，」巴恩斯先生說，「看來，我們可能錯了。」

他們往前走了不遠，這時候巴恩斯好奇地問：「你在想些什麼？」

赫丘勒·白羅又唸著《聖經》中的話：「你既然厭棄耶和華的命令，耶和華也厭棄你做王。」

「嗯，我明白了。」巴恩斯先生說，「掃羅，打擊亞瑪力。對，你可以用那種方法來思考這個問題。」

他們又向前走了一段路，巴恩斯又說：「我在這兒搭地鐵。白羅，晚安。」他停了一會兒，接著有點尷尬地說，「你知道，有些事我想告訴你。」

「什麼事，朋友？」

「對於無意中把你引向歧途這件事，我覺得很對不起你。就是有關艾伯特·查普曼，代號QX九一二那件事。」

「怎麼啦？」

「艾伯特·查普曼就是我。我為什麼會對這個案子感興趣，這是部分原因。還有，我從沒娶過太太。」

他咯咯地笑著，走了。

白羅驚呆了，站在那兒一動也不動，雙目圓睜，緊蹙眉頭。

接著，他對自己說：「十九，二十，食物吃光光。」

他回家了。

專文推薦

藏在日常細節中的冒險

楊照（作家）

一開始，就都在那裡了。

一九二〇年，阿嘉莎．克莉絲蒂出版了《史岱爾莊謀殺案》，神探白羅就已經退休了。而且在這個案子裡，藉由敘述者海斯汀的轉述，就鋪陳出克莉絲蒂小說最基本的偵探原則：

「那些看來或許無關緊要的小細節……它們才是重要的關鍵，它們才是偉大的線索！」

「豐富的想像力就像洪水一樣，既能載舟亦能覆舟，而且，最簡單直接的解釋，往往就是最可能的答案。」

「沒有任何謀殺行為是沒有動機的。」

還有，一個不討人喜歡的死者，一群各有理由不喜歡死者、因而也就都有殺人動機的人，這些人彼此之間構成複雜的關係，有的互相仇視，有的互相愛戀，麻煩的是，有些愛人其實貌合神離，有些仇人其實私下愛慕；更麻煩的是，不論是愛或是仇，都有可能是扮演出來的。

一個外來的偵探必須周旋在這些嫌疑者之間，從他們口中獲取對於案情的了解，換句話說，他必須在很短的時間內，搞清楚誰是誰、誰跟誰吵架、誰跟誰偷情，然後判斷誰說的哪一句是實話、哪一句是謊言。常常謊言比實話對於破案更有幫助。

再偷偷透露一下，如果要和小說裡的凶手及小說背後的作者鬥智，就像克莉絲蒂對英國社會的了解，祕訣就在於要去追究小說裡的人物背景，尤其是他們的階級地位。基本上，階級地位愈高、權力愈大、愈有錢者，說的話就愈不要相信。例如在《史岱爾莊謀殺案》中，僕人、園丁說的話遠比有頭有臉的人說的要可信多了。就算要說謊，他們的謊言也比較天真，而且往往出於善良動機。當你歸納線索時，就會知道他們並非故意說謊，那是因為他們的認知受到蒙蔽或誤導，而你慢慢就從這蒙蔽或誤導中被引導到真相。

《史岱爾莊謀殺案》出版那年，克莉絲蒂三十歲，但書稿其實早在五年前就寫好了，畢竟要找到有人願意出版一個看來再平凡不過的家庭主婦寫的小說，並不是那麼容易。

所有和克莉絲蒂接觸過的人，都對於她的「正常」留下深刻印象。她看起來就和她那個年紀的典型英國家庭主婦一樣，害羞、靦腆，只能在社交場合勉強跟人聊些瑣事話題，完全無法演講，甚至連只是站起來對眾賓客說幾句客套話，請大家一起舉杯，她都做不到。她不演講，也很少答應接受採訪，就算採訪到她也很難從她口中得到有趣的內容。她會講的，幾乎都是記者本來就知道、或者自己就可以想得出來的。

例如說白羅這個神探的來歷。克莉絲蒂回答：他應該是個外國人，這樣就能在英國日常生活中看出英國人自己看不出的線索。她自己碰過的外國人，只有第一次大戰剛爆發時到英國避難的比利時人。比利時警察怎麼能跑到英國來？那一定是因為他已經退休了。他有潔癖，所以對於現場會有特殊的直覺，馬上感受到不對勁的地方。一個有潔癖的人，好像應該長得矮小些才相稱，一個矮小有潔癖的人最適當的名字，就是希臘神話裡的大力士「赫丘勒斯（Hercules）」，製造出荒唐的對比趣味。那白羅這個姓是怎麼來的呢？克莉絲蒂很誠實地說：「我不記得了。」

一切都如此順理成章，一切都如此合邏輯，不是嗎？有記者問她怎麼看自己的舞台劇〈捕鼠器〉，創下了英國劇場、甚至全世界劇場連演最多場紀錄的名劇？克莉絲蒂的回答也還是中規中矩，合理合節：那是一齣小戲，在一個小劇院演出，成本很低，任何人想到了都可以帶家人或朋友去看，老少咸宜，並不恐怖，也不特別荒謬打鬧，可是又什麼都有一點，包括恐怖和荒謬打鬧的成分。

她的身上找不出一點傳奇、怪誕色彩，那她為什麼能在五十年間持續寫偵探小說，創造了那麼多謀殺，還創造了那麼多詭計？

首先因為她是女性，以及她的身世，包括她的階級身分，使得她在描寫故事場景時比一般男性作者來得敏感。因為在她之前的偵探推理小說男性作家的階級身分都是高高在上，基本上他們會從較高的角度看社會，比較看不到底層的感受。

而她的婚變以及婚變中遭逢的痛苦，都使她更能體會與觀察，將英國社會的複雜細節融入小說的核心情節，讓探案與線索分析結合在一起。

克莉絲蒂一生結過兩次婚，第一次在一九一四年，婚後不久，丈夫就參加了歐戰，是英國皇家空軍最早一批飛行員。一九二六年，這個丈夫有了外遇，直率地向克莉絲蒂要求離婚，在那之前，克莉絲蒂的媽媽才剛過世，雙重打擊之下，又遇到車子無法發動，克莉絲蒂崩潰了，她棄車而走，忘記了自己究竟是誰，躲進一家鄉間旅館，登記時寫了她心裡唯一有印象的名字——她丈夫情婦的名字。

離婚後，一次在晚宴中，有人提起近東烏爾考古的最新收穫，克莉絲蒂就取消了原定要去西印度群島的計畫，改訂了跨越歐洲到君士坦丁堡的「東方快車」，是的，就是這趟旅程給了她寫《東方快車謀殺案》的靈感。不過更重要的是，在烏爾，她認識了一位年輕的考古學家，比她小十四歲，這個人後來成了她的第二任丈夫。

這位考古學家陪她去參觀在沙漠中的烏克海迪爾城，卻在沙漠中迷路困陷了。幾小時中克莉絲蒂卻沒有一點驚慌不安，當下考古學家就決定要向她求婚。

原來，克莉絲蒂的內心是有這種冒險成分的。要不然她不會兩次選到的，都是喜愛冒險的丈夫，而她本身大概也不會吸引一個在各種危險情境下挖掘古代寶藏的人，讓他願意向一個大他十四歲的女人求婚。

這樣說吧，維多利亞時代後期的英國環境，壓抑限制了克莉絲蒂冒險、追求傳奇的內在衝動，她只好將這樣的衝動寄託在丈夫和寫作上。她一邊陪著第二任丈夫在近東漫走，一邊在小說中寫各式各樣的謀殺與探案。謀殺和探案都是冒險，還有，偵探偵查中做的事——蒐集線索，還原命案過程——其實和考古學家的考掘，如此相似！

克莉絲蒂寫得最好的，正是「藏在日常中的冒險」。她個性中的雙面成分，造就了特殊的偵探魅力。既嚮往非常傳奇，卻又有根深柢固的日常邏輯信念，兩者都在克莉絲蒂的小說中扮演了重要角色。她的謀殺案幾乎都和日常習慣緊密編織在一起，日常環境成了凶手最重要的掩護。有些日常規律明顯地被破壞了，讓我們很自然以為那會是謀殺的線索，沿著這些線索形成了閱讀中的推理猜測，然而白羅早就提醒了，真正重要的反而是那些「細節」，也就是看來像是依隨日常邏輯進行的事，或說藏在日常邏輯中因而不被看重的事，那裡要嘛藏著凶手的核心詭計、煙幕，要嘛藏著凶手致命的破綻。

凶案的構想，就是如何讓異常蓋上日常、正常的面貌，又如何故意將日常、正常予以扭曲，製造假象；那麼偵探要做的，就是如何準確地在日常中分辨出真正的異常，將假的、明顯的異常撥開來，找出細節堆疊起來的異常真相。

此外，克莉絲蒂的小說裡隱藏著極其曖昧的情感價值觀，最典型、最有名的就是《東方快車謀殺案》。透過追查過程，讓讀者知道為什麼凶手要訴諸於這種手段，其動機具有可同情之處，再加上克莉絲蒂對身分階級的觀察，她比較相信或讓讀者相信那些沒有權力、地位的人，隨著偵查節奏去認識可能或必須懷疑的人。克莉絲蒂最擅長營造「多重嫌疑犯」的小說特質，因為讀者在閱讀時必須被迫去認識很多不一樣的人。在她最受歡迎的作品，大概都具備這樣的特質。

當然，她的作品中還有兩個最突出的神探，即白羅和瑪波。白羅是比利時人，但為什麼必須是外國人？這是因為英國人具有高度階級意識，這種觀念一路滲透到所有互動細節，包括人與人之間如何說話。而白羅因為不是英國人，他會發現一般英國人不太看得出來的東西，以及兩個人互動的方法哪裡不正常。至於瑪波為什麼得是老太太？她一如那個年代的老人家，總是靜靜坐著打毛線，因為不起眼，自然讓人放鬆防備，所以瑪波探案的線索都是來自於這樣的互動模式。

然而，白羅有很明顯的優勢，瑪波的身分使她基本上只能進行「靜態」的辦案，案子的空間受到侷限，白羅卻可以跨越各種空間，恣意揮灑。而且白羅擁有警官身分，可以合理出現在各種犯罪現場，瑪波能出現的地方，相形之下就勉強、不自然多了。白羅是明白的outsider，在英國，只要他出現，就會覺得有外人在而感到緊張，於是很容易露出平常不會表現的行為；瑪波則看起來是 insider，但實質上是 outsider，因為總是沒人發現她、當她空氣人。這兩人的探案，是兩個極端。雖然讀者最愛白羅，但克莉絲蒂自己偏愛瑪波勝於白羅。

不管後來的偵探、推理小說發展了多少巧妙詭計，克莉絲蒂卻不會過時，因為她的推理如此密切地和日常纏繞在一起；活在日常中，我們就無可避免被克莉絲蒂的「日常細節推理」吸引，隨時讀來都充滿驚奇趣味。

名家盛讚克莉絲蒂（依推薦時間排序）

金庸（作家）

克莉絲蒂的寫作功力一流，內容寫實，邏輯性順暢，也很會運用語言的趣味。閱讀她的小說，在謎底沒有揭露之前，我會與作者鬥智，這種過程非常令人享受。其作品的高明之處在於：布局的巧妙完全意想不到，而謎底揭穿時又十分合理，讓人不得不信服。

詹宏志（作家、PChome 網路家庭董事長）

推理小說在從先輩柯南．道爾等人的發明中出現力量時，誕生了一位《天方夜譚》故事中每天說故事說個不停的王妃薛斐拉．柴德，也就是「謀殺天后」克莉絲蒂，整個世界對聽這些故事才有如此的熱情。他們捨不得睡覺，每天問後來還有嗎、還有嗎，永遠不肯離去，這就是克莉絲蒂對推理小說的最大貢獻。

可樂王（藝術家）

所謂「克莉絲蒂式」的推理小說，就是一場和一個天才的寫作者或高明的恐怖份子在紙上捕掠捉殺的戰事。即便是一列火車、一處飯店或一間酒吧，在克莉絲蒂寫來皆充滿神祕和猜謎。在人生適合的下午裡，我總是一面嚼著口香糖，一面跟著矮子偵探白羅穿梭謀殺現場，克莉絲蒂的推理作品無疑是推理世界中最充滿「魔術性」的小說。

吳若權（作家、節目主持人）

我從小就對推理小說情有獨鍾，克莉絲蒂一系列的作品尤其令我愛不釋手。多年來，閱讀推理小說的經驗讓我覺悟：讀者在文字情節中推展開來的驚嘆，不只是因緣於故事的本身，而是自我性格的投射。從這個觀點來看克莉絲蒂一系列的作品，她簡直就是洞徹人性的算命師。而讀者，在她的文字中，發現了自己無可奉告的命運。

藍祖蔚（國家電影及視聽文化中心董事長）

做過藥劑師，難免懂得毒藥；嫁給考古學家，難免也就嫻熟文明的神祕；再加上曾經失蹤九天，一切不復記憶的離奇經驗，的確提供了寫作靈感，但若少了想像力，那些片羽靈光縱使辛辣如辣椒，卻不足以成菜。

推理小說重布局、重人物描寫，克莉絲蒂最厲害的卻是犀利的人性觀察，她一手創造的白羅探長，潔癖個性完全和她相反，更將她所憎厭的人格特質集於一身，殊不知，唯有不對著鏡子寫作，才能夠跳出框架與制式反應，開闢無限寬廣的新世界，建構多面向的詭異迷宮。

看完她的小說，你只會更加訝異，到底是什麼樣的心靈才能成就這般視野？

李家同（作家、前暨南大學校長）

克莉絲蒂的整體布局十分細膩，最後案情也都講解得非常詳細，回頭去看，在書中都找得到線索。故事的情節與內容也很好看，不是像一個流氓在街上被殺掉那麼單調。……看小說應該要花腦筋、要思考，從小就要養成思辨的能力，看她的小說，就是對邏輯思考能力極佳的訓練。

袁瓊瓊（作家）

雖然被公認是冷靜理性的謀殺天后，但是在理性之下，克莉絲蒂的底色依舊是感情。克莉絲蒂很明白，所有的慾望之後，都無非是某種愛情。在以性命相搏的犯罪世界裡，凶手以終結他人的性命來遂私欲，不過是為了成全自己的愛，或者是成全自己的恨。

鄧惠文（精神科醫師）

以推理小說作家而言，克莉絲蒂的風格相當獨樹一格。她的偵探在辦案時，靠的不光是科學證據的搜集，而是大量運用犯罪心理學，及對人性的深刻了解。例如在《五隻小豬之歌》中，白羅便是藉由聽取嫌疑犯訴說案情時所不自覺顯露的主觀意識及中心思想，而看出其中破綻，找出真凶。白羅是靠腦袋辦案，以心理層面去剖析案情，即使人們敘述的是同一件事，他可以聽出不同角色因出發點及看待角度不同所透露的情緒觀感，從而抽絲剝繭，還原事實真相。

克莉絲蒂所塑造的人物也生動且各具特色，不同個性所出現的情緒反應描寫，皆細膩而準確，讓讀者產生豐富的想像空間，一展卷便欲罷而不能。

吳曉樂（作家）

克莉絲蒂使用的語言平易近人，主要是以角色與情節的對應來斧鑿出故事的深度，堆疊出讓讀者回味的迂迴空間。而她筆下的角色往往性別、階級、性格、族群各異，塑造出多元又豐富的人物群像。

文學作品不問類型，若要流傳於世，最終仍得上溯至「人性」的理解與反思。而阿嘉莎．克莉絲蒂的作品中，我們可以看到人類屢屢得和自己的人生討價還價，或千方百計讓主觀意識與客觀條件達成某種程度的整合，讀者在重建人物的心理軌跡時，也見識到自身的是非成敗，我認為，這也是克莉絲蒂的作品能夠璀璨經年、暢銷不衰的主因。

許皓宜（心理學作家）

克莉絲蒂筆下的故事看似在談人性的醜惡，實則像一位披著小說家靈魂的心靈引導者，用她的文字訴說著人們得不到「愛」時的痛苦。於是在故事終了的剎那，你不得不對人生多了幾分「看透感」：原來，我們心裡的那些痛苦、報復與自我折磨的慾望，不是因為「憤恨」，而是起於對「愛的失落」。這或許是我們在情感世界中最珍貴且深刻的一種覺察了。

推理小說荒謬驚悚嗎？不，它其實很寫實。它幫我們說出心裡的苦、怨、醜陋的慾望，於是，我們可以重新學習愛了。

一頁華爾滋 Kristin（影評人）

從有記憶以來，閱讀克莉絲蒂最迷人之處往往不在真正的凶手是誰，而是在於「Why」（為什麼）與「How」（如何進行），在於人性與心理描摹的故事肌理。依循其書寫脈絡，會發覺不只是邏輯清晰、布局縝密、著重細節，她總能完美掌握敘事節奏，書中人物彷彿真實存在般鮮明躍然紙上，讀者情緒會隨精準文字保持流轉、跳動、收放，掩卷時並無太多真相水落石出的暢快，反倒淡淡的惆悵化為餘韻襲上心頭，原來還是種種意料之外，卻屬情理之中的人性盲目使然。私以為，那成就了克莉絲蒂的推理故事之所以無比迷人的主因之一。

冬陽（推理評論人）

雖然阿嘉莎．克莉絲蒂的作品並非我的推理閱讀啟蒙，卻是養成閱讀不輟的重要推手。首先，她無庸置疑是個說故事能手，打開我名為好奇的開關；其次是設計犯罪事件的巧妙多元，既日常又異常，凶手更是叫人意想不到。沒錯，我相信每個當讀者的都忍不住想破案，想早偵探一步識破詭計，或者像考試結束鈴響前一秒，瞎猜都要指著某個角色大喊「你就是犯人」！然後會忍不住作弊——不是翻到最後幾頁窺探真凶身分，而是往前翻查讓人起疑的段落、偵探顯然掌握重要線索的時刻，直到忍不住豎白旗投降，看神探（我知道啦，真正把我耍得團團轉的聰明人是作者）頭頭是道地分析我遺漏錯置的片片拼圖，終於看清真相全貌。這，就是偵探推理，我因此熟悉遊戲規則、沉醉在每一場迷人故事裡，成為這個類型書寫的俘虜，享受至今不疲的美好滋味。

石芳瑜（作家、永樂座書店主）

布局細膩、處處留下線索，破案解說詳細，說明了這位安靜、害羞的推理小說女王心思縝密，且充滿想像力。密室殺人，完美犯罪，《東方快車謀殺案》不愧為古典推理小說的經典。再加上神祕的東方色彩，隨著火車抵達的迫切時間感，連非推理小說迷都會神經拉緊，讀完大呼過癮。

家庭主婦缺少人生經驗？處女座的阿嘉莎．克莉絲蒂充分展現她過人的寫作天分，靠得是從小開始的閱讀，以及對偵探小說的著迷。三十歲寫下第一本偵探小說《史岱爾莊謀殺案》的克莉絲蒂，在那個時代並不能說是「早慧」，但寫作生涯五十五年中，共創作了八十部偵探小說，卻令人難以企及。這位害羞靦腆的小說女神，大概是相信只要有足夠的理由，每個人都有殺人的可能！

余小芳（暨南大學推理研究社指導老師、台灣推理作家協會常務理事）

學生時代加入推理社團，社課指定讀物便是經典作品《一個都不留》，成為我對克莉絲蒂的初步印象，自此沉浸於推理小說的世界。隔年寒假陪同學參與轉學考，在斜風細雨的走廊中，滿足讀完《東方快車謀殺案》。隨著歲月遠走，已昇華成趣味回憶。

踏入推理文學領域需要認識的作家，阿嘉莎．克莉絲蒂絕對名列其中，她的作品常有英國小鎮風光、莊園式的謀殺、設備豪華的交通工具等，還有特色鮮明的偵探活躍其中。書中少有血腥、暴力的橋段，布局巧妙且結構嚴密，手法純粹、知性，故事內容與人物性格融為一體，以高超的想像力結合說好故事的能耐，為推理小說開創新局面。克莉絲蒂推理全集重編改版，值得新舊讀者一起探索。

林怡辰（國小教師、教育部閱讀推手）

多年後，還是難忘第一次閱讀阿嘉莎．克莉絲蒂作品的感動和激動。

這套將近一世紀的作品，文筆流暢，邏輯縝密，過程中不斷與作者較量、猜出凶手，直到最後解答不禁佩服，蛛絲馬跡處處展現作者的精妙手法，於是又拿起另一部作品，再次沉溺在謀殺天后所編織的日常世界中的奇幻，無可自拔。犯罪動機和手法穿越時空限制，如今讀來合理且依舊令人感動，閱讀中趣味橫生，難怪成為後來諸多偵探小說的原型。

克莉絲蒂創作生涯中產出的八十部推理作品，至今多部躍上大銀幕，無怪乎被稱之為「經典」，喜愛推理偵探作品的人不可不讀，你會驚異於她在文字中施展的魔法！

張東君（推理評論家、科普作家）

我愛克莉絲蒂！這位在台灣有時會被稱為克奶奶的超級暢銷推理小說家，即使是自認沒讀過她的書的人，也都會在各種書籍或影視作品中看到對她致敬的片段。由於她喜歡旅行和冒險，那些經驗與體驗都成為書中的場景，因此閱讀她的作品時，不只是雀躍地跟著偵探推理，也有了虛擬的旅行體驗。或者當成旅遊導覽書，在出發去尼羅河、去英國鄉間、去搭船搭火車時，就塞一本克奶奶的作品到隨身背包中。

我還是大學新生時，就聽學姐說她哥哥經常看克奶奶的小說，而且邊看邊狂笑。於是我跟著效仿，在某次搭飛機之前買了第一本小說當旅伴，不只看得超開心，看完後還到處找尋書中出現的那種有兜帽的斗篷，當成出門時的必備用品。克奶奶的作品是跨越文字、國界的。只要看過一本，就會不停地追下去。還好，真的是還好只有八十本。何況這次是全新校訂的紀念珍藏版，當然不能錯過！

發光小魚（呂湘瑜）（文史作家、助理教授）

一部好的偵探小說，除了情節設計巧妙之外，還需要洞悉人性，如此方能合理地交代人物的言行舉止與動機。阿嘉莎．克莉絲蒂便是其中翹楚，她的作品不管是偵探、愛情小說或戲劇，必要元素都是謎題與人性。在寧靜無波的場景下暗潮洶湧，永遠都有意料之外，讀者的情緒也會隨著劇情的進行起伏糾結。克莉絲蒂觀察到時代的變化，將犯罪心理融入作品中，於是，看她的小說不只能得到解謎的快樂，同時對人性也能夠有所省思。

此外，克莉絲蒂豐富的人生歷練及旅行經歷，例如一九二二年的環球之旅、居住過也旅行過的巴黎和埃及，甚至是追隨考古學家丈夫前往的中東，都讓她的小說讀來更加充滿異國情調。如果你也愛旅行，不如就讓我們一同搭上那一班南法的藍色列車，或由伊斯坦堡出發的東方快車，跟著白羅鑽進一樁奇案，一嘗旅程中破解謎題的快感吧。

盧郁佳（作家）

國小時，家裡買了一套阿嘉莎．克莉絲蒂全集，從此成了我的毒品，在白癡課本將我的腦袋啃噬成海綿般空洞時，撫慰受創的心靈，那時我仍對人心險惡一無所知。

數學課教你列算式，樂趣遠不如克莉絲蒂教你住宅平面圖、偷換時序的密室魔術，你從庭園長窗進房間，我從房門直通鄰房，他從走廊進房……從而學會故事是建構邏輯。她文風多變，時而《四大天王》中讓神探白羅向助手海斯汀大賣關子，眉頭緊皺，山雨欲來，預示天翻地覆，只能靠他拯救世界；時而用維吉尼亞．吳爾芙《自己的房間》中俏皮的語言，讓貧苦村姑安妮在《褐衣男子》中回憶南非出生入死的冒險，竟源於她耽讀村裡圖書館爛舊的冒險愛情小說，還有戲院每週末放映〈帕米拉歷險記〉，帕米拉每集從飛機跳落高空、搭潛艇、爬上摩天大樓，每次被黑幫老大抓到總不一刀斃命，卻老要用瓦斯毒死她，暗示續集又會逃出生天。

長大才發現，克莉絲蒂小說就是我的〈帕米拉歷險記〉：它以歌劇般輝煌龐大的天真陰謀、精細的人際觀察（一句話重音放在哪個字、從膝蓋鑑定女人的年齡等），召喚年輕讀者抱持浪漫精神投入未知的壯遊，瘋魔、衝撞、冒犯，傷痕累累毫無懼色。正如瓦斯在冒險片中太多、現實中卻太少；陰謀在現實中沒有克莉絲蒂寫得那麼複雜，但她刻畫的心理卻是現實中解謎的試金石。

賴以威（臺灣師範大學電機系副教授）

或許可以為經典下幾個定義：該領域的愛好者更都讀過；不是這個領域的愛好者，許多人也都聽過；影響後續的作品，在很多著作中都可以看到它的影子；值得反覆再三閱讀，每隔一陣子再讀都可以獲得閱讀的樂趣，有更多的體悟。我永遠記得第一次讀克莉絲蒂的作品時，被那宛如嚴謹設計數學謎題的鋪陳、推進給深深吸引、震撼。從這幾個角度來說，克莉絲蒂的推理小說被稱之為「經典」，可說是當之無愧。

謝哲青（作家、旅行家、知名節目主持人）

克莉絲蒂小說的魅力在於透過每個角色的對白，藉由不斷的說話來表現人物的個性，以彰顯其人格特質中一些無法被忽略的事實。我們從他們的言語、講話的過程和字裡行間，竟然就能知道誰是凶手。

我從克莉絲蒂的小說學到很多，除了推理小說有趣的事實之外，最重要的是，我在工作的職場跟人應對的時候，如何從語言和對話裡去捕捉某些隱而不顯的事實。許多人們欲蓋彌彰的東西，無論心事也好、祕密也好　克莉絲蒂都會用文學的手法，讓你理解語言的奧妙和魅力。

克莉絲蒂的書寫會讓你覺得彷彿自己也在現場，你可以從聽到的對話當中，學會如何理解人心的一些小技巧，這是小說家最出色、最偉大的地方。我們必須學習傾聽別人說話——這些人講話是真誠的嗎？他想要跟你分享什麼資訊？這些資訊可靠嗎？——這是我在閱讀推理小說時，最大的收穫和理解。

阿嘉莎・克莉絲蒂大事記

1890		• 九月十五日出生於英格蘭德文郡托基鎮。
1894	4 歲	• 開始在家自學，父母親、姊姊教導閱讀、寫作、算術和彈鋼琴。
1895	5 歲	• 家中經濟走下坡，舉家搬至法國，學會流利的法語。
1905	15 歲	• 在巴黎寄宿學校學鋼琴和聲樂，但生性極度害羞，未成為職業鋼琴家，最終回到英國。
1907	17 歲	• 陪同母親前往埃及調養身體，對社交活動充滿興趣，但尚未對日後感興趣的埃及古物點燃熱情。 • 回英國後繼續寫作、參與業餘戲劇表演。
1908	18 歲	• 寫出第一篇短篇小說〈麗人之屋〉，同時也寫出第一部愛情小說《白雪黃漠》，以筆名向出版社投稿，但屢遭退稿。
1912	22 歲	• 與英國皇家軍官亞契・克莉絲蒂（Archibald Christie）熱戀。 • 八月爆發第一次世界大戰，亞契奉派到法國作戰。
1914	24 歲	• 耶誕夜結婚，亞契隨即返回戰場。克莉絲蒂參與紅十字會工作，在醫院擔任護士和藥劑師，因此對藥理和毒物非常熟悉，造就後來多部推理小說情節都以毒藥殺人。
1916	26 歲	• 開始嘗試寫推理小說，寫出第一部小說《史岱爾莊謀殺案》，主角偵探赫丘勒・白羅的靈感，來自於大戰期間英國鄉間的比利時難民營。本書歷經數家出版社退稿後，終獲柏德雷・海德（The Bodley Head）圖書公司的出版機會，之後並簽下另五本小說的合約。
1919	29 歲	• 前一年亞契返回英國，八月生下女兒露莎琳。

1920 30歲 • 出版《史岱爾莊謀殺案》。

1922 32歲 • 出版第二部小說《隱身魔鬼》，主角是夫妻檔偵探湯米和陶品絲。
• 與亞契至南非、澳洲、紐西蘭、夏威夷和加拿大等國旅行十個月，在南非得到《褐衣男子》的靈感。

1923 33歲 • 三月出版第三部小說《高爾夫球場命案》，白羅再度登場。

1926 36歲 • 四月母親過世，克莉絲蒂陷入憂鬱。
• 六月在「威廉．柯林斯父子出版社」出版《羅傑艾克洛命案》。
• 八月亞契因外遇提出離婚，十二月初一次爭吵後，克莉絲蒂離家棄車失蹤，消息登上全國新聞。

1927 37歲 • 一月在悲痛心情中寫出《藍色列車之謎》，第一次創造出聖．瑪莉米德村，即後來瑪波小姐居住的村子。
• 分居期間在雜誌刊登以白羅為主角的短篇小說，後來集結出版《四大天王》。
• 十二月在雜誌刊登短篇小說〈週二夜間俱樂部〉，瑪波小姐初登場，後來收錄在一九三二年出版的短篇小說集《十三個難題》。

1928 38歲 • 十月正式離婚，仍保留「克莉絲蒂」姓氏。
• 秋天搭乘「東方快車」前往土耳其的伊斯坦堡，再轉往伊拉克首都巴格達，參觀考古現場烏爾，認識考古學家伍利夫婦（Leonard and Katharine Woolley）。

1930 40歲 • 二月應伍利夫婦之邀再訪烏爾，認識考古學家麥克斯．馬龍（Max Mallowan），九月於英國愛丁堡結婚。這段婚姻開啟克莉絲蒂旺盛的創作生涯，兩人到中東考古現場的旅行為許多作品帶來靈感。

		• 婚後克莉絲蒂開始維持固定的寫作行程。十月出版《牧師公館謀殺案》，是第一部以瑪波小姐為主角的小說。 • 出版第一部以「瑪麗 · 魏斯麥珂特」(Mary Westmacott) 為筆名的《撒旦的情歌》，並陸續發表了五部非犯罪小說。
1932	**42 歲**	• 出版《危機四伏》。
1934	**44 歲**	• 出版《東方快車謀殺案》，是白羅海外辦案三部曲之一，故事靈感來自中東的旅行經歷。一九七四年第一次改編成電影大獲好評。
1936	**46 歲**	• 出版《美索不達米亞驚魂》，白羅海外辦案三部曲之二。
1937	**47 歲**	• 出版《尼羅河謀殺案》，白羅海外辦案三部曲之三，故事背景是年輕時與母親同遊的埃及。一九七八年第一次改編成電影大受歡迎。
1939	**49 歲**	• 二次大戰期間，克莉絲蒂在大學學院醫院擔任義務藥師，學習到最新的毒藥知識，對於推理小說寫作大有助益。 • 出版《一個都不留》，是克莉絲蒂最著名作品之一。
1941	**51 歲**	• 出版《密碼》，呈現出克莉絲蒂對戰爭的看法。 • 出版《豔陽下的謀殺案》。
1942	**52 歲**	• 出版《藏書室的陌生人》、《五隻小豬之歌》等名作。
1944	**54 歲**	• 以「瑪麗 · 魏斯麥珂特」為筆名出版第三部作品《幸福假面》，被美國書評人發現是克莉絲蒂的作品，讓她從此失去匿名創作的自在樂趣。

1950	60 歲	• 獲選為皇家文學學會的會員。
1953	63 歲	• 出版《葬禮變奏曲》。
1956	66 歲	• 一月獲頒大英帝國爵級大十字勳章（GBE）。 • 十一月以「瑪麗．魏斯麥珂特」為筆名出版《愛的重量》，是這個筆名的最後一部作品。
1958	68 歲	• 成為「偵探作家俱樂部」主席。
1960	70 歲	• 馬龍獲頒大英帝國爵級大十字勳章。
1961	71 歲	• 獲得艾克塞特大學頒發榮譽文學博士學位。
1968	78 歲	• 馬龍獲封為爵士，克莉絲蒂亦被稱為馬龍爵士夫人。
1971	81 歲	• 獲頒大英帝國爵級司令勳章（DBE），獲封為女爵士。
1973	83 歲	• 出版最後一部創作《死亡暗道》，亦為湯米和陶品絲最後一次辦案。
1974	84 歲	• 最後一次公開露面，出席電影《東方快車謀殺案》首映會。
1975	85 歲	• 八月六日，白羅成為有史以來第一次在《紐約時報》頭版刊出訃聞的小說主角，宣傳九月即將出版的《謝幕》，這也是白羅最後一次辦案。
1976	86 歲	• 一月十二日去世。 • 十月出版《死亡不長眠》，瑪波小姐的最後一次辦案。

克莉絲蒂推理原著出版年表

1920 史岱爾莊謀殺案 The Mysterious Affair at Styles（神探白羅系列）
1922 隱身魔鬼 The Secret Adversary（神探湯米＆陶品絲系列）
1923 高爾夫球場命案 The Murder on the Links（神探白羅系列）
1924 白羅出擊 Poirot Investigates（神探白羅系列）
1924 褐衣男子 The Man in the Brown Suit（神探雷斯上校系列）
1925 煙囪的祕密 The Secret of Chimneys（神探巴鬥主任系列）
1926 羅傑艾克洛命案 The Murder of Roger Ackroyd（神探白羅系列）
1927 四大天王 The Big Four（神探白羅系列）
1928 藍色列車之謎 The Mystery of the Blue Train（神探白羅系列）
1929 七鐘面 The Seven Dials Mystery（神探巴鬥主任系列）
1929 鴛鴦神探 Partners in Crime（神探湯米＆陶品絲系列）
1930 牧師公館謀殺案 The Murder at the Vicarage（神探瑪波系列）
1930 謎樣的鬼豔先生 The Mysterious Mr. Quin（神探鬼豔先生系列）
1931 西塔佛祕案 The Sittaford Mystery
1932 十三個難題 The Thirteen Problems（神探瑪波系列）
1932 危機四伏 Peril at End House（神探白羅系列）
1933 十三人的晚宴 Thirteen at Dinner（神探白羅系列）
1933 死亡之犬 The Hound of Death
1934 三幕悲劇 Three Act Tragedy（神探白羅系列）
1934 李斯特岱奇案 The Listerdale Mystery
1934 帕克潘調查簿 Parker Pyne Investigates（神探帕克潘系列）
1934 東方快車謀殺案 Murder on the Orient Express（神探白羅系列）
1934 為什麼不找伊文斯？ Why Didn't They Ask Evans?
1935 謀殺在雲端 Death in the Clouds（神探白羅系列）
1936 ABC 謀殺案 The A.B.C. Murders（神探白羅系列）
1936 底牌 Cards on the Table（神探白羅系列）
1936 美索不達米亞驚魂 Murder in Mesopotamia（神探白羅系列）

1937 巴石立花園街謀殺案 Murder in the Mews（神探白羅系列）
1937 尼羅河謀殺案 Death on the Nile（神探白羅系列）
1937 死無對證 Dumb Witness（神探白羅系列）
1938 白羅的聖誕假期 Hercule Poirot's Christmas（神探白羅系列）
1938 死亡約會 Appointment with Death（神探白羅系列）
1939 一個都不留 And Then There Were None
1939 殺人不難 Murder Is Easy/Easy to Kill（神探巴鬥主任系列）
1940 一，二，縫好鞋釦 One, Two, Buckle My Shoe（神探白羅系列）
1940 絲柏的哀歌 Sad Cypress（神探白羅系列）
1941 密碼 N Or M?（神探湯米＆陶品絲系列）
1941 豔陽下的謀殺案 Evil Under the Sun（神探白羅系列）
1942 五隻小豬之歌 Five Little Pigs（神探白羅系列）
1942 藏書室的陌生人 The Body in the Library（神探瑪波系列）
1943 幕後黑手 The Moving Finger（神探瑪波系列）
1944 本末倒置 Towards Zero（神探巴鬥主任系列）
1945 死亡終有時 Death Comes As the End
1945 魂縈舊恨 Remembered Death（神探雷斯上校系列）
1946 池邊的幻影 The Hollow（神探白羅系列）
1947 赫丘勒的十二道任務 The Labours of Hercules（神探白羅系列）
1948 順水推舟 Taken at the Flood（神探白羅系列）
1949 畸屋 Crooked House
1950 謀殺啟事 A Murder Is Announced（神探瑪波系列）
1951 巴格達風雲 They Came to Baghdad
1952 殺手魔術 They Do It with Mirrors（神探瑪波系列）
1952 麥金堤太太之死 Mrs. McGinty's Dead（神探白羅系列）
1953 黑麥滿口袋 A Pocket Full of Rye（神探瑪波系列）
1953 葬禮變奏曲 After the Funeral（神探白羅系列）

1954　未知的旅途 Destination Unknown
1955　國際學舍謀殺案 Hickory, Dickory, Dock（神探白羅系列）
1956　弄假成真 Dead Man's Folly（神探白羅系列）
1957　殺人一瞬間 4:50 from Paddington（神探瑪波系列）
1958　無辜者的試煉 Ordeal by Innocence
1959　鴿群裡的貓 Cat Among the Pigeons（神探白羅系列）
1960　哪個聖誕布丁？ The Adventure of the Christmas Pudding（神探白羅系列）
1961　白馬酒館 The Pale Horse
1962　破鏡謀殺案 The Mirror Crack'd from Side to Side（神探瑪波系列）
1963　怪鐘 The Clocks（神探白羅系列）
1964　加勒比海疑雲 A Caribbean Mystery（神探瑪波系列）
1965　柏翠門旅館 At Bertram's Hotel（神探瑪波系列）
1966　第三個單身女郎 Third Girl（神探白羅系列）
1967　無盡的夜 Endless Night
1968　顫刺的預兆 By the Pricking of My Thumbs（神探湯米＆陶品絲系列）
1969　萬聖節派對 Hallowe'en Party（神探白羅系列）
1970　法蘭克福機場怪客 Passengers to Frankfurt
1971　復仇女神 Nemesis（神探瑪波系列）
1972　問大象去吧！ Elephants Can Remember（神探白羅系列）
1973　死亡暗道 Postern of Fate（神探湯米＆陶品絲系列）
1974　白羅的初期探案 Poirot's Early Cases（神探白羅系列）
1975　謝幕 Curtain: Hercule Poirot's Last Case（神探白羅系列）
1976　死亡不長眠 Sleeping Murder（神探瑪波系列）
1979　瑪波小姐的完結篇 Miss Marple's Final Cases（神探瑪波系列）
1991　情牽波倫沙 Problem at Pollensa Bay
1997　殘光夜影 While the Light Lasts

國家圖書館出版品預行編目（CIP）資料

一，二，縫好鞋釦 / 阿嘉莎．克莉絲蒂（Agatha Christie）著；章祖德、古緒滿譯. -- 二版. -- 臺北市 : 遠流出版事業股份有限公司, 2022.06
面；　公分.
譯自 : One, two, buckle my shoe
ISBN 978-957-32-9537-2(平裝)

873.57　　111005117

克莉絲蒂繁體中文版 20 週年紀念珍藏 05

一，二，縫好鞋釦

作者 / 阿嘉莎．克莉絲蒂
譯者 / 章祖德、古緒滿

主編 / 陳懿文、余式恕　校對 / 呂佳眞
封面、內頁設計 / 謝佳穎　排版 / 連紫吟、曹任華
行銷企劃 / 舒意雯　出版一部總編輯暨總監 / 王明雪

發行人 / 王榮文
出版發行 / 遠流出版事業股份有限公司
地址 / 104005臺北市中山北路一段11號13樓
電話 / (02)2571-0297　傳眞 / (02)2571-0197　郵撥 / 0189456-1
著作權顧問 / 蕭雄淋律師

2002年3月1日 初版一刷
2022年6月1日 二版一刷
定價 / 新臺幣380元 (缺頁或破損的書，請寄回更換)

ISBN 978-957-32-9537-2

遠流博識網 http://www.ylib.com E-mail: ylib@ylib.com
遠流粉絲團 https://www.facebook.com/ylibfans